だって買っちゃった

―マンガ家の尽きない物欲―

吉田戦車

まえがき

雑誌「ＦＬＡＳＨ」に、約二年半にわたって連載した買いものエッセイ『ごめん買っちゃった』の単行本第二弾、完結編です。

連載中のタイトル横には「買いもの失敗成功日記」とありましたが、読者からすれば失敗のほうがおもしろいだろうな、と思いながらも、失敗を目当てに買うことはまったくありませんでした。

それは、買いものの神様に対する冒瀆だろう、と思うからです。

ですが意識しなくても、いいかげん買いもののベテランであるといっていい年齢なのに、失敗は常に私につきまとい、買いものの奥は深いなあ、と何度も思いました。

買いものはその人間の人生とからみあっています。

私の場合は妻が同業者であること、子供とネコがいること、岩手に親がいること、そして酒好きのマンガ家であるということと、密接につながっています。

収録した文章を読み返してみて、失敗すら愛しいような気がしてしまうのは、そういうことだからなのかもしれません。

吉田戦車

目次

※価格・商品名は取材時のものです。各章末尾の「〇〇マンガ家」は、雑誌連載時についていた肩書です。

01 パリTシャツ

夏休みにフランス旅行をした。

私はどちらかといえば、海外旅行にあまり興味がない。

今回の旅行は、娘の友人家族がお父さんの海外赴任のため、数年パリに住んでいる、という縁で実現した。

「オレ、ネコと留守番してるわ」

はじめは迷うことなく辞退した私だったが、さすがにそうもいかず、同行することになった。

様々な手続きはすべて妻の伊藤が、あちらの友人ママと打ち合わせつつ進め、私は小学生の娘と同レベルで、迷子にならないようついていくだけである。

買いものも、ほとんど妻がしてくれる。妻は何回かフランスに来ているので、語学力などまったくないなりになんとかしてしまうのはたのもしかった。

自分では、ルーヴル美術館のショップで、絵がメインのデッサンの本を買った。

それなりに美術欲をそそられたわけだが、帰国後はその向上心をすっかり忘れ、ぜんぜんページをめくっていない。

レジでは、世界各国の客慣れをした店なので、女性の店員さん「アリガトウゴザマシタ」私「あ、サンキュー、メルシー」などという、ありがちなやりとりをした。

ルーヴル美術館をはじめ、パリの観光地で世界中の人間を見るのは楽しかった。

「こんなに多種多様な人間がいるのか、世界！」と思った。

テロ警戒のため、自動小銃を持った軍人を目にして、「恒久平和を実現するのはたいへんだが、世界もちょっと気合い入れてがんばらないとな」と思ったり。

そういうことを思うだけでも、出不精の人間が海外旅行をする価値はあるのかもしれない。

浅草などの観光地で、日本人が買わないようなデザインの衣類を売っているのと同様に、フランスでは胸に「ＰＡＲＩＳ」と書かれたＴシャツが多数売られている。

これは買おう、と思った。

エッフェル塔やルーヴル近くの売店にたくさん並んでいたが、そこでは買いそびれた。

なにしろ言葉がわからないので（英語を話せる店員もいるようだが、英語も話せない）、物欲のエンジンがなかなか暖まらない。

けっきょく、３日滞在した英仏海峡に面した海辺の町、トゥルーヴィルのスーパーで買った。

「モノプリ」という、日本での西友とかイオンとか、そういうポジションのスーパーだ。

エッフェル塔のイラストの上にＰＡＲＩＳと字があり、花火っぽくデザインした各国の国旗に囲まれている。25ユーロ。３千２００円ぐらいか。高いな。

友人ママが「こう言っちゃ悪いけど、ダサいです」とうれしそうに言う。

帰りの空港の売店では、パリＴシャツが15ユーロとか20ユーロで売られていて悔しい気持ちになったが、デザインのダサさに欠ける。思いっきりが悪い。

ノルマンディーの海辺の町で買って正解だった、と思った。

帰国後、飲み会に着ていったら「パリ」「パリだ」「パリかよ」と突っ込んでもらえたので、買いものの目的は果たせた。


（洋行マンガ家）

買いもの その後

ルーヴル美術館で買った本だが、この旅行の1カ月ほど前に、日本でも翻訳されて（『骨から描く　モルフォ人体デッサン』）出ていたことを知った（笑）。

02 自販機のウーロン茶

先日焼き肉屋で、珍しくアルコール抜きの夕食をとった。

その時飲んだウーロン茶がとてもおいしかった。なんだか冷たいウーロン茶の魅力を再確認したような気持ちになった。

その後、帰省した折、帰りの新幹線で飲むためにウーロン茶を買おうとしたのだが、水沢《みずさわ》江《え》刺《さし》駅の４、５台ある自動販売機に、一本も売っていなかった。

売店にも置いていない。

はて。

ウーロン茶といえば、飲食店では甘くないソフトドリンクの代表格だろう？

なぜこんなに置いていないのか？　と疑問に思いつつ、東京に戻った。

もしかして、飲食店とちがって、自動販売機的にはもはやウーロン茶は主流ではないのではないか、と考え、自転車で調査に出かけることにした。

気温は31度、くもり。蒸し暑いけれどそれほど過酷ではないコンディション。

水分補給はとうぜんペットボトルのウーロン茶だ。スーパーで税込み85円ほどで、「サントリー烏龍茶」を買う。

日頃から「自動販売機で飲みものを買うのは損」と考え、自販機はあまり使っていないので、なかなか新鮮な調査である。

とにかく、１００台チェックすることに決めた。

自転車でゆっくり走り、目に入った自販機の前で停まり、ウーロン茶の有無をスマホのメモにカウントしていく。

都内なので場所によっては10メートルおきに設置してあり、作業ははかどったが、20、30台あたりで「…これくらいでサンプルとしては十分じゃないか」とやめたくなったりもした。

50台を過ぎてから、何かのスイッチが入った。「自販機チェックハイ」とでもいうような高揚した精神状態になり、１００台達成が、むしろ楽しみになってきた。

結果をいおう。

１００台中、ウーロン茶をあつかっていた自販機は15台。

煎茶は多い。煎茶が入っていない自販機は３、４台程度。

煎茶以外のお茶は、夏だからか麦茶が多かった。

他には「十六茶」「爽健美茶」などのブレンド茶、ほうじ茶、そして砂糖が入った紅茶。ウーロン茶の仲間といっていい、ジャスミン茶なんてのもあった。

ウーロン茶は、完全にそれら「煎茶以外のお茶」の一つにすぎなくなってしまっている感じだった（あくまで、うちの近所での集計結果に対しての感想です）。

ちなみに一番多かったのは、ポッカサッポロの国産茶葉１００パーセント「にっぽん烏龍」１３０円。次が伊藤園「黄金烏龍茶」。

「サントリー烏龍茶」は3台のみ。そのうち2台は2本並べて売っていたが、サントリーの自販機の多さから見れば、おどろくほどあつかいが少ないといっていい。

国産の煎茶が「お茶の主役」なのはいいことだよな、と思う。

だが、国産ウーロン茶を生産しよう、売ろう、という気概も応援したい。自販機の場所を把握しておこうと思った。


（国産マンガ家）

03 汁麺

もう「暑い」と言いたくないほどの暑さが連日続いた夏。

夏生まれなので、本来夏はきらいではないのだ。

家の中でエアコンかけてじっとしている、というのもさびしく、炎天下に、セミが鳴く川沿いの遊歩道を自転車で走りにいく。

水分は、再利用の５００mlペットボトルに入れた水道水だ。それで十分なのだが、汗でビショビショになりながら「そういえば熱中症対策には、水分だけじゃなくて、塩分補給も大切なんじゃなかったっけ?」と思い出した。

経口補水液やスポーツドリンクを飲んだほうがいいのか、塩飴や塩タブレットをなめるべきなのか。

その手のものを買うのはなんだか悔しいな……、というようなことを考えつつペダルを踏んでいるうちに、暑さのせいか思考が飛躍した。

夏の昼食は、やっぱり麺類が多くなる。冷やし中華や冷やしきつねそばなどを食べていたが、夏こそ熱々の汁麺を、思う存分食べていい季節ではないのか。

普段がまんして残しているしょっぱい汁を、ゴクゴク飲んでもいいのではないか。

水分とともに塩分を摂取する必要もあるのだから！

ものすごくいいことを思いついた気持ちになり、積極的に汁麺を食べるようになった。

８月の20日間ほどで、ラーメン６杯、立ち食いそば２杯。普通のそば屋で天ぷらそば。さぬきうどん屋でちくわ天うどん……。

それまでの飢えを満たすかのように、汁麺をすすりまくった。

「こういっちゃ悪いが、冷やし中華なんて食いたくて食ってるわけじゃないんだよ！」などと罰当たりなことを思いながら、近所の「町中華」の、５５０円とか６００円ぐらいのラーメンを堪能した。

至福！

セミよもっと鳴け。オレは今日もラーメンを食べにいくんだ！　……などといい気になっていたら、久しぶりに測った血圧が１４０／１１０などということになっていて、冷水を浴びせられたような気持ちになった。

健康診断では１３０／１００前後で、すでに「要経過観察」な高さなのである。

あわてて、ネットで勉強し直すと、経口補水液の塩分量の目安は、水１リットルにつき、塩３グラムぐらい。

子供が病気の時に、砂糖、レモン汁など加えて作ったことがあったが「しょっぱくてうめー！」というほどの塩分量ではない。

ラーメン一杯の塩分量は6～10グラム。温かいそば、うどんが4～6グラムぐらい。

今までどおり、汁を一口二口おそるおそる飲んで、あとはがまんするくらいでも、経口補水液1リットル分の塩分をじゅうぶんにとっている、ということだ。

ゴクゴク飲んでOK！　ではぜんぜんなかった。

そもそも、塩分が不足して熱中症になる人は、夏バテでろくに食事ができていないのかもしれない。

普通に食事ができている私は、いつもどおり減塩を心がけなさい、ということだった。

しあわせな汁飲みの夏は、このようにして終わりを告げた。

（下が高いマンガ家）

買いもの その後

血圧が正常になったわけじゃないけど、週2日ぐらいはラーメンや立ち食いそばを食べてます。

04 七味唐辛子

長野県諏訪郡原村の妻の実家には、中央本線で行く。

最近は、三、四泊する妻子に、私が一泊だけ合流するパターンが多い。

最寄り駅、茅野の駅まで、特急で新宿駅から２時間～２時間半。

一度普通列車を乗り継いで行き、たいへん楽しかった。またやりたいのだが、原村まで４、５時間以上かかるとなると、なかなか実行できない。

特急は「あずさ」と「スーパーあずさ」があり、スーパーがついているほうが速い。

速いのだが、その速さを実現するシステムゆえに、伊藤家の家族たちには評判が悪かった。

酔うからである。

長年スーパーあずさとして走ってきた「Ｅ３５１系」という車両は、カーブ時の減速を抑える車体傾斜の方式として、振り子装置という機械を採用していた。

つまり、カーブでハッキリと、座席が右に左に傾く。

そのローリングはもちろん制御されていて、私は平気だったが、乗りもの酔いしやすい体質の伊藤母や伊藤姉妹、そしてうちの娘には地獄であった、という。

ゆえに、妻は指定席を予約する時にあずさを選んでいた。

過去形で書いているのは、Ｅ３５１系は２０１８年の春に引退して、新型車両「Ｅ３５３系」に代をゆずったからだ。

２０１８年のお盆に茅野駅で降り、車で迎えにきた伊藤に「新型だったでしょう」と言われて気づいたが、そういえばスーパーあずさなのにローリングがほとんど感じられなかった。

伊藤も大丈夫だったそうだ。

先代の「制御つき自然振り子方式」が「空気ばね車体傾斜方式」に変わったらしい、ということをあとから知った。

では、乗りものに弱い人たちを酔わせ続けたＥ３５１系は、「残念な」などと形容されるべき車両だったのか。

「ＪＲの誇りにかけて、高速バスなどには絶対負けぬ！」と気負い（想像です）、速さを優先するため、何かを犠牲にしてしまっていたのだろうか。

否である。

私はかつてバイク乗りであり、トロいライダーなりに、走行時の車体の傾きを好んでいた。

今まで意識していなかったが、私はスーパーあずさの右へ左へのローリングを、ちょっと楽しんでいた気がする。

ありがとう、Ｅ３５１系。

なんだかむりやり感のある感謝の気持ちだが、お疲れさま。

一泊してあわただしく帰京する日の茅野駅。売店で目にして迷わず買ったのが、長野みやげの定番「八幡屋礒五郎」七味唐辛子の、２０１８年イヤーモデル。

私が「アイアンマン色」と呼んでいる、金色のキャップに赤いボディがデフォルトの七味缶が、緑色だ。

Ｅ３５１系とＥ３５３系、新旧車両の絵が描かれている。

列車に興味があるわけではないが、この色ちがいは買うしかない。

「中の唐辛子も緑色だったらいいな！」と思ったが、ふつうに赤かった。


（三半規管強靭マンガ家）

買いもの
その後

イヤーモデル七味、中身がほとんど減ってなくて、他のデザインの缶を買う気にならないのが残念だ。

05 安価腕時計

何度か買い替えながら愛用している、カシオの腕時計「F－84W」が、どこにいってしまったのか出てこない。

チープカシオなどとも呼ばれて、ファンもついている、気軽に買える腕時計の一つである。

おそらくどれかのバッグのポケットに入っているのだと思うが、見つからない。

バッグやらリュックやらポーチやら、何十個持ってんだこのオヤジは！　と、自分にぶちキレながら何度か捜してみたが、出てくる気配はない。

日常的に腕時計はしないが、指定席をとった乗りものに乗る時や、映画を観る時には持ち歩く。腕にもはめる。

いちおう、けっこう高いソーラー電波腕時計も持っているのだが、「何かちゃんとした時用」と位置づけて、あまり使っていないのだった。ちょっと重いし。

1千円前後で買える腕時計の軽さはすばらしい。

自転車でちょっと遠出をした時に入ったホームセンターA店で、シチズンの「Q&Q」というラインナップのアナログ時計を見かけた。

こういう時のためのリーズナブルさであろうし、一個買っちゃってもいいのではないか、という気持ちになった。

まあちょっとおちつこうと、即買いするのはがまんし、いったん家に帰り、ネットの評価などを調べる。高評価である。そのままネットで買ってもいい。だが、こういうのは店で吊られているのを気軽に買うのが楽しい、ような気がしてくる。

翌日自転車で、ポイントカードを持っている家電量販店B店に行く。絶対あると思ったのに、なし。火がついてしまい、C店、D店、E店……と、家電量販店やホームセンターをハシゴするが、そもそも腕時計をあつかっていない店もあり、めあての腕時計はなかなか買えなかった。

ネットでポチればよかったか…、と思ったが、ここまで回るともう意地だ。けっきょく前日のA店を再訪、無事おめあてのアナログ腕時計を買った。１千57円。サイクリング時間４時間。

ネット価格は８８３円だが、そんな価格差は屁でもない。

だって、ネットで買っていたら、こんなにぐるぐる何軒も店を回れなかっただろう？　という、謎の「得した感」が湧きあがってくる。

デジタルだと、アラーム、ストップウォッチ、ライトなど、安いのにすごく律儀に多機能なわけだが、このアナログは時計、そして10気圧防水性能だけだ。

カレンダーなどなく、暗闇で文字が光るようなこともない。

デジタルが、中学生心をくすぐるとすれば、アナログは「水がかかったりすることもある現場」で働くような、大人心をくすぐられる気もする。

仕事中に腕時計などはめたこともないが、私の仕事場も、インクのしずくが乱れ飛ぶことだってある、工房的な現場だ。

涼しくなったら一度試してみるか、腕時計装着マンガ描きを。

F－84Wの捜索は、もうちょっと続ける。


（チープマンガ家）

買いもの その後

マンガの原稿は、下書きをシャープペンシルで描いてスキャンし、iPadで描くようになり、インクが飛ぶようなことはほとんどなくなった。

06

公衆電話通話料

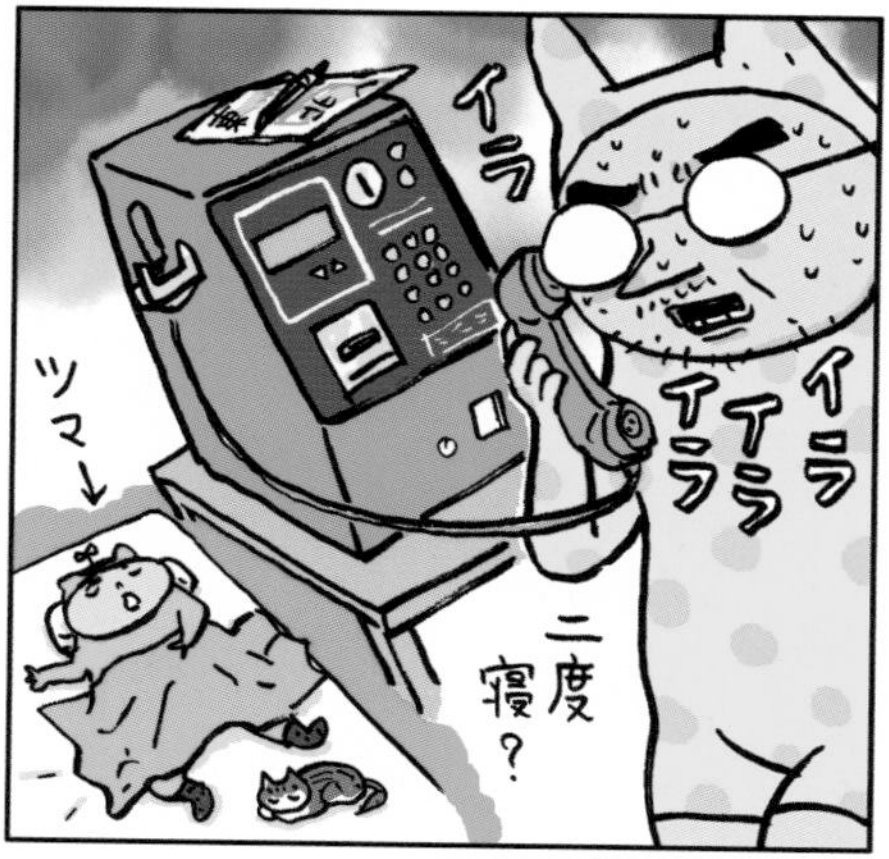

いわゆる「スマホ依存」の問題について耳にすることがあるが、私はさすがにおっさんであり、重度の依存はしていないようだ。

もちろんＳＮＳや、ニュース、天気予報、各種検索、あるいは電子書籍など、外出先でヒマだと、すぐ画面を開く傾向にはある。

今はゲームをしていないが、している時の依存度もなかなかのものであった。

最近はかなり大丈夫だ。

先日映画の席を予約して、新宿に向かったのだが、到着手前で「あ、スマホ忘れた」と気づいた。

一瞬「ま、いっか」と思ったが、映画が時間、座席指定であることに気づき、愕然とした。スマホにチケット購入確認メールが届いていて、予約番号などはそこにあるわけだ。

会員登録していない映画館で、カードも持っていない。支払いは「楽天ペイ」というＷＥＢ決済。その手続きのあれこれもすべてインターネットの中だ。

あせった。一時は映画代1千８００円をあきらめかけた。

しかし、こちとらアナログ時代からインターネット黎明期を経て、様々な通信方法とつきあってきた50代なかばだ。とりあえず現状をすばやく確認する。

前回買った千円腕時計を持ってきていた。上映開始が10時50分というのは記憶していて、時間にはまだ余裕がある。

カード入れに、非常時用のテレホンカードが入っている。

そして、これが手柄だが、妻の携帯番号を記憶していた。

東日本大震災のあと、それまでうろおぼえだった妻の携帯番号を、意識的に記憶した。今も電話する時は、忘れないように番号をキー入力して電話する。

なんとかいけるぞ、よし。

その前に、メモ用の筆記具が必要だ。ペンとメモ帳も、最近ではスマホで代用できるので、持ち歩いていなかった。

新宿駅構内の売店で、ゼブラのボールペン「サラサクリップ０・５」を買う。税込み１００円。紙は、旅行チラシを適当にもらった。

改札を出て、さあ電話だ。

妻、出ない。

何度かかけ直す。固定電話にもかける。出ない。

少し移動してちがう電話機を探してかける。出ない。

留守電に着信するので、そのたびに10円がカシャカシャ支払われていく。カード度数に余裕はあるが、上映時間がどんどん迫ってきていた。

「草むしりか？　それとも二度寝か!?」などとイライラしたが、悪いのは自分である。

うっすらとあきらめかけたあたりで、9回目にしてようやく出てくれた。

素早く状況を説明し、私のスマホを見てもらう。

妻も「知らない女からのメールでもあったらいやだな……」などと思いながら見てくれたのだと思うが、無事予約番号を聞き、メモすることができた。

上映まであと5分。映画館に駆け込み、無事発券。

もしもの時のための、いろいろな備えが大事と、心底思いました。

（ぼんやりマンガ家）

買いもの その後

この時の映画は『カメラを止めるな！』だった。

07 ワイン

酒の好みや飲み方はコロコロ変わるが、ここ一年ほど、わが家のメイン食中酒はワインである。

日本酒も切らさないようにしているが、あまり減らない。これは、妻の伊藤がダイエットのため意識しはじめた「糖質制限」の影響があるようだ。

今までさんざん世話になってきた日本酒、そしてビールは、糖質が多めだから常飲しないほうがいいという。

ワインは比較的OK、スピリッツ類は甘くなければオールOKだそうだが、妻は焼酎やウイスキーより圧倒的にワインが好きなので、ワインになった。

私にはそういうこだわりはなく、妻がいないときは徳利で日本酒を飲んだりもするが、妻がワインを開ければ、それはやはりうまそうに見える。

自分だけ酒を冷やでやるわ、というわけにはなかなかいかない。

妻は千円台のワインをまとめ買いしてポイントを稼いだりしているようだが、私は千円以下でコスパが高いのはないかなと、いろいろ試している。失敗も多いが、倍の値段でもおかしくないと思うレベルのものもあり、あなどれないのだった。

問題は例によって「量」で、妻とよく「二人で一本飲んでおしまいにできたら、どんなに優秀だろう」などといいつつ、二本目を開ける、ということをしている。

一本半ぐらいのところで、妻は娘と寝てしまうのだが、私は翌朝のため米をといだり、たまっている録画を見たりしながら、飲み続けてしまう。

二本目が空くと、そうとう酔っぱらっているのでついもう一本開けて、さすがに二、三杯で眠くなって寝るのだが、次の日はどんより二日酔い。

体に害にならない適度な飲酒量は、一日に日本酒一合。ビールなら５００㎖。ワインならグラス二杯ほど、だという。

そんなのムリ！　と思い続けて数十年だが、「それでも、体を壊さない、ほどほどの量をいただきつつ日々を過ごしたい」とあがくのも、酒飲みの義務であろう。

スマホアプリを入れてみた。

沖縄県保健医療部、健康長寿課というところが出している無料アプリ「うちな～節酒カレンダー」である。

基本は単純で、外飲みでも家でも、飲んだ酒の種類と量を、リストから選んで記録していく、というものだ。レコーディングダイエットというのがあるが、あれの酒版ということか。

飲んだ量により、キャラの絵や、注意やアドバイス、画面の色が変化していくという趣向だ。シーサーに「昨日は飲み過ぎよー」などと言われたりする。

そんなものに効果はあるのか？　と問われれば、まだよくわからない、というしかない。

ただ、妻子が寝たあとに、さらに一杯一杯カウントしながら飲み続けるのもなんだかなー、という気分にはなり、二本目が空く前にとっとと寝るようになった。

結果、二日酔いになる回数は減ってきた。

いい感じなのだが、恒例の「三日坊主との戦い」が、そろそろ間近に迫っている気もする。


（「働肝日」多すぎマンガ家）

買いもの その後

体内の三日坊主機能が優秀すぎて、あっというまにこのアプリは使わなくなった。

08 卵穴あけ器

小学校の家庭科で習ってから、50年近くゆで卵を作ってきているわけだが、いまだに「完璧な、世界最高のオレのゆで卵！」などといえるようなゆで卵レシピは確立していないし、ツルンと殻がむけずにボロボロになったりするのはしょっちゅうだ。

若い頃に本で読んだ、きれいにむく方法はこうだった。

「ゆであがった卵をすぐに氷水にとり、しっかり冷ます」

殻の中で卵本体が縮むことでむきやすくなるのだそうで、実際かなりの確率できれいにむけた。

ただ、いちいち氷水を用意するのも、日常の台所仕事の合間にはめんどくさい。次第に「水道水そのままか、冷蔵庫で冷やした冷水に浸ける」みたいな自己流の半端な方法になり、ツルンとむける成功率は下がった。

次に何かの本で知ったのが、針、あるいは画鋲《がびょう》で殻に小さな穴をあける、というもの。そこから若干の湯が入り、むきやすくなるのだという。

たしかに、あけない時よりは成功率が上がる感じ。マチ針を卵の殻の穴あけ用に台所の引き出しに常備していたのだが、そのうち姿が見えなくなった。

針が行方不明になるのは怖い。

ワインのコルクなどに刺して保管する台所の知恵もあるようなのだが、なんだかそこまでする気にもならない。

世の中にはそれ専用の道具があることも知っていたが、ふーんと思いつつ保留にしていた。

このエッセイの単行本（既刊『ごめん買っちゃった―マンガ家の物欲―』）の宣伝記事のために、千葉県印西市にある大型ホームセンター「ジョイフル本田 千葉ニュータウン店」に取材に行くことになった時※、そのことを思い出し、あったら買おう、と思った。

東京ドーム約３・６個分という超大型ホームセンターで、そういう小ぢんまりしたものを買うのは、この連載らしいのではないか。

台所用品売り場で、「たまごの穴あけくん」はあっさり買えた。税込み３９８円。

家の近所でも探せば買えたはずだが、これを使って卵をゆでるたびに「あの広大な、茨城県にも近いため〈干しいもスライサー〉まで売っていたジョイフル本田 千葉ニュータウン店で買ったもの！」という思い出がよみがえるという寸法だ。

ゆで卵を作るのは月に一、二度であり（その程度の人間が専用器具など買うな、ともいえる）、買ってから

※ＦＬＡＳＨ公式サイト「smartFLASH」(https://smart-flash.jp/lifemoney/52963)で読めます！

一週間後、ようやく使ってみた。

プスリ。あっ、白身が少し漏れ出た。湯に入れたら、やっぱり少し流れ出る！　青ざめたが、すぐに白身流出は止まった（その後、漏れないコツを習得）。

９分後、冷水に浸けて、緊張しつつむいてみた。

流出したぶん、ややいびつだが、ツルンときれいにむけた！

減塩生活者らしく塩をつけずに食べながら、

「しかしまあ、なんだ、針か画鋲にコルクでもぜんぜんいいかもしれないな…」と、少々思いつつ、「いやいや、千葉の思い出だから！」と首を振った。


（半熟マンガ家）

買いもの　その後

穴をあける時にどうも殻が割れがちで、「使わないもの置き場」にしまわれてしまいました。

09 顔ジャケさんま缶

10月初旬の連休、恒例の「ＳＡＶＥ　ＩＷＡＴＥ」マンガ家ツアーで、岩手県に行ってきた。

深刻な災害続きの日本だが、２０１８年の岩手では、踏み抜き防止の鉄板を入れた長靴をはくような作業はせずにすんだ。マンガ家やマンガ関係者十数名が関東、北海道から集まり、釜石で草取りの手伝い（私はその晩に合流）、二日目は宮古のイベントでチャリティ似顔絵描きをした。

最終日は盛岡「ふっこう＊ふれあい祭り」で同様のお絵描きイベント。

前夜は宮古で買いこんだ魚介類で宴会だったが、ほぼ全員、6時前に起床した。

「神子田《みこだ》の朝市」に向かうためである。

２０１１年から盛岡に宿泊する機会が増え、この朝市の存在を知った。私は4、5回目の訪問になるだろうか。

近在の農家の人たちが、天幕が並んだエリアに農産物を並べる、たいへん魅力的な産直市場である。

大規模な青果市場ではなく、地元の人や観光客を相手に成り立っていて、まだ品物が豊富にある6時あたりがすごく楽しい、とされている。

時期的にハウス栽培と思われるトマト、ナス、キュウリなど夏野菜と、リンゴなどの果物、里芋、キノコ類など秋の作物が混在していて、たいへんにぎやかだ。

買い食いも、すいとんなどおいしいものがそろっている。

メンバーの何人かは、名物「朝市ラーメン」を食べていたが、宿（地元の関係者宅に世話になっている）に戻れば前日の残り物で作った味噌汁などがあるので、「味噌漬けおにぎり」を一個買うにとどめる。１００円。

おじちゃんが「芋の子汁にすっと最高だよ」と売っている採れたての山のキノコなど、そそられるものはたくさんあるのだが、旅先なのでなかなか買うまではいかず、コーヒー１５０円をすする。

自家製漬けものも多い。丸一日持ち歩いても平気そうな、小さいプラカップのものに目をつけた。おばちゃんに「これなんですか」と声をかける。シソの実にきざみショウガをまぜた塩漬け、ということだった。ご飯が進みすぎるヤツだ。１５０円。

もう一つ、市場を2周ぐらいしながらチラチラ目に入っていたものがある。

缶詰だが、一瞬、なんの缶詰だかよくわからない。

カニのような赤い服を着た人物写真がデザインされている。いわゆる「顔ジャケ」商品か。手書きのＰＯＰでその疑問は消えるのだが、岩手が誇る演歌歌手、福田こうへいジャケットの缶詰であった。

中身はなんだ、歌か？　シングルＣＤが、パイナップル缶のように重なって入っているのだろうか。答えは、「岩手缶詰株式会社」のさんま水煮。大型缶４１０グラムの、東京でもたまに見かけるおなじみの中身だった。

店のおばちゃんに「福田こうへい一個もらいます」と、４５０円を手渡す。

同行者たちに見せたら、一人「母がファンだ」と購入したので、経済効果はあった。

（ＤＨＡ・ＥＰＡ必要マンガ家）

物

おまけマンガ①

オレたちは物欲の妖精
あっ作者の奴だ
物欲を吹きこんでやれ
かっこいいフィ・ギュ・ア♡
フィギュア…
かっこいい
羽生結弦選手
宮城県出身
お笑いコンビ「サンドウィッチマン」……
カチャカチャカチャカチャ
ホームセンタ
側面メッシュで通気性がいいサンドイッチ用弁当箱くださーい！
素直にウルトラマンとかライダー買え！

10 炊飯鍋

わが家はだいたい二日おきにご飯を炊いている。

どうやって炊くか。

うちでは、妻の「置き場所がとられるのがいやだ」というポリシーのもと、電気・ガス炊飯器は持っていない。

一人暮らし時代の私も、「無印良品」の炊飯土鍋を愛用しており、すでに炊飯ジャーは使っていなかった。

しばらくはその土鍋と、妻の「ル・クルーゼ」のどちらかでご飯を炊いていたのだが、どちらも大きく重く、ガス台のコンロ一つを占拠することになりがちだった。

妻のきらいな「場所をとられる」というやつである。

そこでネットで調べてたどり着いたのが、意外な鍋だった。

シリット「シラルガン ミルクポット」。

ドイツ製の片手鍋。重量はそこそこあるが、見た目はコロンとしていてかわいい。

シラルガンというのは「約30種もの天然鉱石を独自の比率で調合し、約１千２００度の高温で溶解した」ガラスとセラミックを融合させたようなコーティングであるらしい。

日本の販売業者が、あちらで使う本来の用途以外に「1、2名向きの炊飯鍋」として勧めていた。

10年ほど前にいくらしたのか忘れたが（最近はネットで1万5千～2万円ぐらい）、妻と検討し、思いきって買ってみた。

以来10年間、ご飯専用鍋として稼働しているから、大成功の買いものといっていいだろう。

量は、2合炊けなくはないけど、やや窮屈な感じ。うちでは1合か、1合半を炊いている。

夫婦と小学生という構成で、弁当作りもないし、夜は大人はご飯を食べないことも多いし、今のところこの炊飯量でじゅうぶんなのだ。

米をとぎ、30分ほど置く。米1カップだとしたら、水240～250㎖ぐらいの、やや多めの水かげんで、ふたをして中～強火。タイマーを12分にセット。

吹きはじめたら、吹きこぼれないようふたを開け、長いスプーンでざっとひとまわしかきまぜる。

えっ、ふた開けるの？　と思われるかもしれないが、妻がラジオで聴いた方法で、吹きこぼれがなくなるのがすばらしく、このやり方に定着した。

吹きあがっている「おねば」が収まるまでふたを開けたまま3～4分炊く。

ご飯表面にポツポツと穴が見えはじめる、残り時間8分ぐらいでふたをして、最弱火に。タイマーが鳴ったら、一瞬おまじないのように火を強めてから止め、蒸らす。

コーティングのおかげか、ご飯が鍋肌にこびりつきすぎることもない。

5万〜10万円ぐらいの圧力IH炊飯器や、専用炊飯土鍋で炊いたうまさが100とするなら、97ぐらいのうまさはあるのではないだろうか。じゅうぶんうまい、ということだ。

なにより、炊きたてのご飯が入った鍋を片手で持ち運べるフットワークのよさは得がたく、重い炊飯器や土鍋にはもう戻れない。

米の消費量が増えたら、別の鍋に移行するかもしれないが、万が一の災害時の練習にもなるし、鍋炊飯はいいものです。


（吹きこぼれマンガ家）

買いもの その後

シリットは残念ながら日本での正規販売を終了したとのこと。

11 目覚まし時計

上京して以来、三十数年間つれそってきた目覚まし時計が壊れた。

当時は携帯もスマホも存在せず、アラームつきの腕時計も持っていなかった。目覚ましは朝起きるための必需品だったから、初めて一人暮らしをした三鷹の雑貨屋で、早々に買ったものだと思う。

赤いプラスチックのボディ。セイコーの製品である。味があるというほどレトロでもないが、この真っ赤な成型色は最近の時計売り場にはないものだ。

それなりに1980年代感があるような気がしなくもない。値段はまったく覚えていないが、千円とか2千円とかそんなもんだったんじゃないかな。

長年つれそってはきたのだが、目覚まし時計として使っていたのは今の家に引っ越してくるまで。

その後は毎日必ず目をやる、台所の食器棚の上の時計として働き続けてきた。

「あいつら」がこなければ、そのままおだやかに時を刻み、あと数年は延命できたかもしれない。

でもあいつら（ネコ）はニャーニャーとやってきて、うちの家族になった。

高いところを好む連中にとって、冷蔵庫や食器棚の上などは、格好の登り場所なのだった。

食器棚の上には目覚まし時計の他に、オーブントースター、ラジオなどいろいろなものが置かれていて、まだうまくそれらをよけられないやつらは、よく物を落とした。こけし型の楊枝入れを落下させて、下にある自分たちの陶器のエサ入れを割ったり。

今は用心して、落とされてまずいものは置かないようにしているが、ティッシュボックスとかは、いまだによく落とされる。

その落下物の中に、目覚まし時計もあったのだ。その位置にあってほしいため、撤去できなかった。
2、3度落とされ、そのたびにボディのあちこちが欠けたが、機能は生きていたので、セロテープで補修して使っていた。
上のネコが4歳になった２０１８年の初夏、妻がややビビったような顔で目覚ましを持ってきた。

「アラームが、ずっとオフなのにいきなり鳴りだした。しかも目覚ましの針の位置じゃない時間に…」

なんだそれは、と、私の仕事部屋で様子をみることに。

電池を入れる場所のフタももうなく、中のホコリを払ってやる。ごめん、ほっときっぱなしで。

約1時間後、午前10時すぎに「ピピッ、ピピッ、ピピッ……」とアラームが鳴りだした。

アラームスイッチはオフ、アラーム針は2時のあたり。

ああ、これは、別れを告げているのかもしれないな、と思った。

時計として使えれば使い続けたいと思っていたが、オフなのにアラームがいきなり鳴りだしてはさすがに迷惑であり、処分せざるを得ない。

もうリタイヤしますからね、ということなのかもな……。

電池を抜いて、劣化しているセロテープをきれいにはがし、分解分別して数日後、清めの塩とともに回収に出した。

今は後任の目覚まし時計（セイコー、税込み1千80円）が、同じ場所で働いている。


（二度寝マンガ家）

⑫ 万力

２０１８年９月、神奈川県相模原市藤野に、子供の友達２家族と遊びに行った。

温泉に入ったりして一泊し（親たちは当然大宴会だ）、翌日「藤野芸術の家」という、陶芸や木工体験ができるところに立ち寄った。

子供たちを遊ばせようということだが、ただ待っていてもヒマなので「木切れ、端材を使って何か一作品作っていいよ」という体験にお金を払ってみた。１千円。

子供たちは、木製小物入れやドールハウスのキットに色を塗って仕上げる体験をしている。

私は様々な形の端材や枝で、なんとなく小さい「あずまや」的なものを作りはじめた。

材料をノコギリや電動糸ノコでカットし、紙ヤスリをかけ、木工ボンドで組み立てていくのだが、予想以上におもしろく、夢中になってしまった。

何か脳内の「別の扉」を開かれたような気がした。

帰宅後１、２日は、その時出た脳内物質による高揚がまだ続いていたようだ。

家でもやろう、と思った。

材料は、はじめは割り箸ぐらいでいい。ノコギリで切って、何かを組み立てるのだ。

そうだ、ウルトラマンのフィギュアが寝っ転がれる、鄙《ひな》びた「庵」を作ろう。

これはもしかして、後半生を捧げる一生モノの趣味に出会ってしまったのではないか、などと、持ち帰った、なかなかいい出来と思えるあずまやを愛でながら考えた。

まず１００均で小型のノコギリ、木工ボンド、割り箸を買った。

あと、とりあえず何が必要だろうか。そうだ、木材を固定する万力が便利だったな、買おう。

近くのホームセンターに、私がイメージする漠然とした「万力」はなく、ネットに頼ることにした。

「ガッシリして重量もあり、この値段ならお買い得」というレビューが高評価なものを、それほど迷わずに注文。１千８８０円。

脳内物質恐るべし。平常時のそれなりの慎重さがふっとんでいる。

そして…

モノが届いた時、すでに脳内物質の効果は消えており、１・５キロほどある箱を手に、しばらく無言。

木工欲が、うそのようになくなっていた。

そもそも、万力を固定する台として、物置に入れっぱなしの小型ちゃぶ台を使うつもりだったのだが、DIYの作業台として、ちゃぶ台はなんだかちがう気がする。

思えばあの高揚は、それなりに疲弊して様々なバグが出ていた脳が、「箱庭療法」的なことをすることによって癒された、スッキリ感だったのではないか。

今の私の脳は、クリーンアップが終了し、とりあえず癒しを必要としてはいないのだ。

以来ずっと、万力は箱に入ったまま、ノコギリもパッケージの中だ。

木材として買った割り箸は、子供のおやつの冷凍バナナ用に活用されている。万力の箱は、ネコがふすまを勝手に開けないよう、重しとして置いたりしている。

いつか、なんらかの形で何かをがっちり固定するその力を発揮させてやりたいが、何かとはなんだろうか。

（隠居願望マンガ家）

買いもの その後

木工欲は復活せず、万力とノコギリはしまわれたままだ。あずまやは、クリスマスの時にツリーの根元あたりに飾られたりしている。

13 チャールススリッパ

このところ、岩手の実家に帰省する日が増えている。

だいたい二、三泊するのだが、仕事は毎日のようにしなければならないので、持っていく。

このエッセイなどの文章は、新幹線の中で、スマートフォンで書くことがある。

書くが、それがそのまま原稿になるわけではない。つんつん指で打った文章は散漫な感じになりがちであり、あくまでたたき台。あとからＰＣのＷｏｒｄで開いて、修正するのである。

マンガの仕事用に、紙類、シャープペンシル、ミリペン、消しゴム、消しカスをはらうブラシなど、ある程度の画材は持っていく。

ネーム（コマ割りのラフ）や下描きなどは、実家の「勉強机」でも描けるし、マンガの原稿用紙も置いてある。

Ｇペンなどのつけペンやインクは置いていないが、ミリペンですべてを描くことにすればペン入れも可能だ。

その先の「紙に描いた原稿をスキャンして、Ｐｈｏｔｏｓｈｏｐで仕上げる」という作業は、東京に帰ってからやる。十何年か前に一度、ノートＰＣ、ペンタブレット、スキャナを持って帰省して、重くて心底懲りた。

岩手県の自宅二階の自室は、親のタンスなどが置かれているが、まだ現存している。

10月終わりから11月頭の気温は、肌寒い時もあるが、まだ暖房がいるほどでもなく、快適に仕事ができた。

冬はストーブを一階から持ってくればいいけど、夏はエアコンがないから無理だな、などと考えながら絵を描いていたら、さすがにちょっと足元が冷えてきた。

父の車を運転し、ホームセンター「コメリ」に立ち寄った。

足元暖房でも買おうかと思ったが、とりあえず保留。

そうそう、コメリであるが、私は字面を見て「バナナ」とか「サラダ」のイントネーションで、長年発音していた。映画『アメリ』の発音といえばいいか。

それがまちがっていた、ということに気づいた。

店内放送のＣＭでの発音は「ちくわ」と同じ、平板なイントネーションだった。「田中」とか。

車に同乗している親の前で、何回もまちがった発音でしゃべっていたわけだが、親は親で東北弁っぽく発音しているので（「晴れる」のような感じ）、何も問題はないのだった。

コメリで、暖房器具のかわりに買ったのは「チャールススリッパ」である。もふもふして暖かい、冬用のスリッパだ。３９８円。

チャールスってなんだ？　と思って検索してみると、「チャールストンタイプ」というスリッパやサンダルの名称を、はしょったもののようだ。

なぜこの形がチャールストンと呼ばれるのか、由来を知りたくていろいろ調べてみたが、けっきょくわからなかった。

小学生から高校生まで使った机でネット検索している姿に、「未来にきちゃったぜ、若き日のオレよ…」と思う。

（足熱マンガ家）

買いもの その後

ｉＰａｄ Ｐｒｏを導入したことで、居間のコタツでも仕事ができるようになり、このスリッパはあまり使っていない。

14 鉄棒くるりんベルト

子供関係の失敗買いものは書ききれないほどある。

子供のためと思うと、財布の紐がゆるみがちということだろうか。

オモチャはあまり買わないが、教育関係、スポーツ関係などはかなりゆるむ。

以前「体育のソフトボール投げ」の練習用にと、子供用グローブを買ったが、ほとんどキャッチボールなどしていない。

最近とび箱の練習をしたいというので、電子ピアノ（伊藤が買った）のイスで練習させたりしたが、できれば本物のとび箱を買いたかった。踏み切り板もほしい。

ともに2万円前後から売っているようだ。ついでに、とび箱が思いっきり跳べるような小さい体育館も建てたい。

もちろんそんな甲斐性はないので、とりあえずＹｏｕＴｕｂｅでとび箱の動画を見せた。

私はとび箱は得意だったが、鉄棒関係は苦手だった。

「うんてい」とかほとんどできなかった。娘は幼稚園の時に片道ぐらいならできたので、その意味では負けた。

鉄棒だと、私はかろうじてさかあがりはできた。

今もやろうと思えばできるはずだが、妻子に真剣に止められる。

一度酔って身長ぐらいの鉄棒でさかあがりをしようとして、回れなくて何度かチャレンジしているうちに、踏み込んだ左太ももが筋挫傷してしまい、病院行きになったことがあるからだ。

娘はまださかあがりができない。

二年生の頃に何度か公園に行って「こうこう、こうやってこうだよ！」などといいつつ何度か練習をさせたが、なかなかできない。

やはりＹｏｕＴｕｂｅで動画を見せていて、タオルなどを使った練習法があることを知った。

それも試してみつつ、それを応用した補助器具が売られていることを知り、迷わず買った。

「鉄棒くるりんベルト」２千２００円。

両端を鉄棒に巻きつけ、中央部を腰にあてがうことで、よく指導されるポイントだが「おなかが鉄棒から離れない」回り方ができる。

これを使って練習しているうちに、これなしでも「あれ？　回れちゃったー！」ということになるというしろものだ。

ネット通販のレビューで☆4・5だから、なかなかの高評価。
2、3度公園に持っていって練習しただろうか。だが、冬に買ったのが失敗だった。寒風吹きすさび鉄棒も冷えきっている公園に練習に行く根性は、父子ともに持ち合わせていなかった。暖かくなればやるかと思うと、春が過ぎ、夏になっても、さかあがりブームが終わったかのように、まったく練習しなかった。
体育の授業内容も次々替わり、できない子はできないままで「まあいいや」となる。
体育関係に財布はゆるむが、基本、私はインドアな人間なのだった。買いものをしたことで満足してしまい、とことん子供の練習につきあうような「スポーツ好きのパパ度」はとても低い。
こんな文を書いたことだし、久しぶりに公園に行くか！　と思ったりもするのだが、また冬が来た。

（寒風苦手マンガ家）

買いもの その後

数カ月後、「体育でテストがある！」ということで再びさかあがりの練習を始め、学校でスルッと回れたらしい。多少はくるりんベルトの効果があったと感じているようで、公園で友達に貸したりしている。

15 ペン先

パソコン登場以前に、マンガを描くために必要だったもの。

原稿用紙、鉛筆（シャープペンシル）、消しゴム、墨汁（インク）、筆、ペン先、ペン軸、カラスグチ（ミリペン）、ポスターカラー白（修正液）、スクリーントーン。

他にもあれば便利な道具はいろいろあるが、だいたいこれぐらいあればマンガは描けた。

私は今、フルデジタル作画に移行しつつあるのだが、その直前までは、紙に描いた絵をＰＣ内にスキャンして、画像加工ソフトＰｈｏｔｏｓｈｏｐで枠線引き、ホワイト、ベタ、トーン処理をして仕上げていた。

つまり「昔の基本道具」の中の、修正液、スクリーントーンはすでに使わなくなっていた。

フルデジタルになると、道具はほとんどいらなくなる。

ペンタブレットで、ＰＣ上の仮想の「原稿用紙」に直接下描き～ペン入れ～仕上げをしていく。

金属のペン先にインクをつけて絵を描く、という特殊技能が必要なくなることには、さすがにかなりのさびしさを感じる。

私はおもにＧペンを愛用してきた。いろいろ使ってみて、メインのペンはやっぱりＧペンにおちついた。

理由は、絵に「マンガっぽく、プロっぽく」見える強弱がつくからだ。今は知らんが、昔の少年・青年マンガの描線に一番大切なのは強弱であり、勢いだった（…ような気がする）。

この連載『ごめん買っちゃった』もそうだが、イラストはＧペンは使わず、ミリペンとかトンボの筆ペン「筆之助 しっかり仕立て」などで描く。

キャラを立たせたり、ストーリーを盛り上げたりする必要があるマンガ雑誌の連載だと、Ｇペンのペンタッチが、今どきのいい方でいえば、バエるような気がした。マンガ雑誌映え。

ずいぶん前、ＰＣがまだない頃にグロス（１グロス＝１４４本）で買ったＧペンが二箱、まだ残っている。タチカワとゼブラのもの。

タチカワのほうは半分以上減っているが、ゼブラはあまり減っていない。タチカワ使用時代が長かったわけだが、今はゼブラを使っている。

ゼブラは、昔のペン先より今のほうが描き味がよくなっているので、グロスで買ったやつは使わず、新しいのを10本ぐらいずつ買って使っているのだ。

そんな、半生を共にしてきたともいえるペン先を、私はまったく使わなくなるのだろうか。

メーカー各社には感謝してもしきれるものではなく、もう画材をあまり購入しなくなるかもしれないことに、うしろめたい気持ちはある。

フルデジタルの便利さは、もうどうしようもない。

ただ、便利だけど作業時間が劇的に短くなるわけではないし、機械なんかいつぶっ壊れるかわからないわけだ。

たまには「Gペンの素振り」のようなことをして、アナログなマンガ描きというものを、手が忘れないようにしておく必要はあるかもしれない。

（画材激変マンガ家）

買いもの その後

実家によく帰るようになり、どこでも仕事ができるようにフルデジタルに移行したのは、父の長期入院が理由だった。アナログペンには申し訳ないが、そういうことなので勘弁してね。

16 iPad Pro

2018年秋に発売された新型「iPad Pro 12・9インチ」を買った。ざっと12万円。

同時に、「Apple Pencil」、カタカナで書くとアップルペンシル第2世代というのも買った。ざっと1万5千円。

アップルペンシルでの描画がやりやすくなるというペーパーライクな画面保護フィルムも買う。2千円ほど。

かなりの散財だが、設備投資である。これで、自宅じゃない場所でもマンガを描くことができるのだ（たぶん）。

たとえば温泉宿にこもり、ネームから下描き、ペン入れ、仕上げ、入稿まで全部できる。ヒマつぶしの動画、音楽、本まで持ち歩けるわけで、まさに魔法の板。そのうちご飯も作ってくれるようになるのではないか。

そうそう、そのために、月に何回外で仕事をすることがあるのかわからないが、月額数千円のモバイルWi-Fiも契約した。

2年契約で、2年おきの一カ月間しか無料解約できない、というよくあるシステムに腹を立てる。レンタルＷｉ－Ｆｉという手もあるかもしれないが、実家に帰省することが増えてきた、という状況への対応なので、何をどうするのがベストなのか、まだはっきりと見えてこないのだった。

数日後、仕事に余裕ができた時、ようやくｉＰａｄ Ｐｒｏを立ち上げ、使いはじめた。

今までｉＰａｄ Ａｉｒを使ってきたので、使い勝手はわかっている。基本操作にそれほど変わりはない。

画面がでかく、きれいになったからといって、動画を楽しむでもゲームをするでもない。メーカーの開発スタッフにとっては、張り合いのないつまんないユーザーであろう。

さっそく、某コミック・イラスト制作アプリをダウンロード。クラウドで連動させるために、ＰＣにもＰＣ版をインストール。まだ試用段階なので、アプリ、ソフト名は伏せておく。

前回のＦＬＡＳＨのイラストを、機能を探りつつ、まず描いてみた。

教科書や参考書はないので、いちいち「やりたいこと」を検索しながら覚えていくのだが、なかなかしんどい。たいへん疲れた。

今のところ、作業時間が以前の倍ぐらい増えている。

すぐ慣れて省力化できるかもしれないのだが、便利な機能と引き換えに、目や肩へのダメージが大きくなったような気がしないでもない。

そしてたいへんあせったのだが、描きながら一度、アップルペンシルとｉＰａｄの接続が切れたことがあった。

電源を一度切ったりしてなんとかなったのだが、しょせん機械である。「人間ヲ・困ラセテ・ヤロウ」などと、いつ考えはじめないとも限らない。頼りきるのは危険だ、と思った。

そのための保険として、少々放置ぎみになってしまうかもしれないけれど、常に紙、ペン、シャーペン、定規、消しゴム等のホコリをはらい、「アナログのお絵描き」をしておかないとな、と思うのだった。

（視力心配マンガ家）

買いもの その後

マンガ制作ソフトは「メディバンペイント」である。お世話になっております。無料というのもすごいが、一度画面の広告を消す課金にお金を払った。

17 血圧計

２０１４年に３千７７７９円で購入した、私の「三日坊主の友」と呼ばれる機械、血圧計。

それを久しぶりにひっぱり出し、毎朝測るようになった。

２０１８年６月の健康診断で血圧１３５／１０３という、下がけっこう高い数字が出たのに、いつものように「どうせ測ったって下がらないんだよ」と放置していた自分に、いったいどういう心境の変化が？

11月末に自覚症状があったのだった。寒くなってきたせいか、頭がグラグラするような、いやな症状が続いた。

久しぶりに血圧を測ってみると、１５９／１０８。跳ね上がっとる。

「とっとと病院に行け！」

というお叱りの声が聞こえるようだが、ちょっと待って。

減塩や散歩程度ではまったく改善しない、高くなる一方の血圧に歯止めをかけるには、もうアレしかないのではないかと思った。

禁酒である。

一日の望ましい飲酒量「日本酒一合」「ワイングラス二杯」ですませることができない人間であることは、35年かけてよくわかった。

酒を抜いても血圧が下がらなかったら、観念して病院に行って薬をもらう、と宣言した。

「本当に続けられんのかよ」と思いはしただろうが、妻大歓迎。

妻は、マンガの中では酒好きで酔っ払いのイメージがあるかもしれないが、γ-ＧＴＰも血圧もずっと正常値で、

「私は本来、毎日飲まなくても平気な人間なのに、ヨシダさんが毎晩飲むからしかたなくつきあってきた」らしい。

そのわりには自分からいそいそとグラスを並べることも多かったと思うが、まあいい。「酒抜くと肌の調子がいい。仕事もはかどる」というならば、それも妻孝行でありましょう。

禁酒のお供は血圧計である。

毎朝7時前後、朝食前に測り、茶の間のカレンダーに書きこみ、可視化した。

アルコールを突然やめて、飲酒欲求や禁断症状はなかったかというと、意外なほどなかった。

高血圧＝動脈硬化。動脈硬化がもたらすものは、脳血管障害、心筋梗塞のリスク増大だ。

それらの病気に対する恐怖を利用し、無理なく飲まない生活にシフトできた感じがある。

最初の一週間はほとんど下がらなかった。高値安定な感じ。

が、これまたすごく久しぶりにつけはじめたアプリ「血圧ノート」のグラフを見ると、ゆるく右肩下がりにはなっているのだった。

数値に「いい変化が見える」ことの励み。血圧計の実力は、成果が出てこそ発揮されるものだったのか。

三週間後の、これを書いている朝、血圧は１４０／94。

まだ高めなりに順調だが、下がったら下がったで、油断してまた連続飲酒を始め、思いっきりリバウンドしてしまうのだろうか。

そうならないよう、飲み会などたまの飲酒でガス抜きしつつ、「禁晩酌」は続けようと思う。

たのんだぞ血圧計。

もう離さない。


（崖っぷちマンガ家）

買いもの その後　うれしそうに「節酒」を宣言しやがっているが、ほぼ一年後の今、血圧も測っていないし、休肝日も週一日設けるのが精一杯で、毎晩のように飲んでいる。

18 頭皮ケア商品

年相応に増えてきた白髪は、あまり気にしないでほっとい
ているのだが、ここ一年ほどで、「うわ、薄くなる系も進行
しているぞ！」と気づいた。

さすがに動揺した。

若い頃から毛髪が太くて多かった。剛毛というやつだ。

最近は若い頃より毛質は細くやわらかくなってきたが、伸
び方は普通に旺盛だった。散髪に行くのがめんどくさくて、
妻の伊藤に、

「もうこんなに髪の毛元気じゃなくていいのに」的な、罰当
たりなことを言ったりしていた。

そのバチが当たったのか。

横や後頭部に比べ、頭頂部の髪の伸びが、明らかに衰えてきた。
まわりが3センチ伸びる間に、1センチも伸びない感じ。毛も細く、なんだかポヨポヨしている。
遺伝的な宿命はもちろんあるだろうが、親戚はともかく、父はハゲていない。

帽子やヘルメットをよくかぶっているので、頭や髪が蒸れたり、暑さ寒さにさらされず、甘やかされていたり、ということはあるのではないだろうか。

そこで晴れの日以外は帽子をかぶらないことにしてみたが、もちろんそれですぐにザワザワ生え出すようなことはないのだった。

妻が、自分も愛用しているヘアブラシを買ってくれた。英国伝統の最高級ヘアブラシ「メイソンピアソン」のモノである。なんとなく高いだろうなと思っていたが、今値段を調べて仰天した。1万8千360円。美容雑誌の連載などもしているので、妻の美容系出費はかなり豪快だ。

硬質の猪毛ブラシは頭皮をザリザリ刺激できて気持ちいいのだが、それほど熱心にやらないでいたら「もったいない」と、妻が自分のものにしてしまった。

……髪、もういいや、というあきらめのようなものはある。

もうモテたいとかそういう気持ちもないし、あちこちおだやかにしなびていけばいいだけのことなのではないか。

などと、思いつつ、美容・健康器具コーナーで手にとって、つい買ってしまったのが「ヘッドスパハンドプロ」。1千620円。薬を使うのはイヤだが、その手前でなんとか改善したい気持ちが、さすがにまだ残っていた。

宇宙人のような細い5本指の先に小さいメタルボールが埋め込まれていて、頭皮をクリクリ刺激してくれる道具だ。

「130万個突破!!　売れてます!」というシールにもそそられた。

帰ってクリクリしてみると、これが思った以上に気持ちいいのだった。ものすごく、ではないけど、指ともヘアブラシともちがう「軽い指圧」が普通に気持ちいい。

よく気が利く宇宙人に、やさしくしてもらってる感じ。

仕事中の眠気覚ましなどにもいい。ついでに洗面所に行って、妻のものとなってしまっている高級ヘアブラシで、久しぶりにザリザリしてみたり、指や手のひらで頭皮マッサージをしてみたり。

頭皮や毛根の神様に、

「薄くなってもいいとか言ってすみませんでした!!」

と、心の中で土下座しつつ、クリクリザリザリを続けている。

（毛悩みマンガ家）

買いもの その後

最近、電動の5本指ヘッドスパ器具も買った。1万円ぐらい。モテなくてもいいが、まだまだあきらめないぞ。

19 ヘッドライト

自分にとって旅行の必需品といっていい品物でありながら、けっこう忘れがちなものがヘッドライトである。

一時期やっていた登山の時などは「忘れたら命とり」リストに入っているので大丈夫だったが、一般的な旅行や帰省ではよく忘れる。

何に使うのか。

「旅先で、夜の路地裏をヘッドライトで散歩するのが好きなんだよ！」、ではない。

寝る前の読書の時に使うのだ。

自宅の枕元には常に置いてあるのだが、旅行時の持ち物チェックからは漏れがちなのだった。

愛用しているのはモンベルの「コンパクトヘッドランプ」。税抜き2千200円。

これの何がいいかというと、3段階の明るさが選べる中に「電球色」があるのである。

ああ、電球。

ＬＥＤの時代になっても、仕事や勉強の時はともかく、ご飯食べる時は電球色だよね、という思いがある。

そして、本格的な読書用としては暗すぎるのだが、入眠前の短時間読書の明るさとして、本当にちょうどいい。

ギンギンの白色ＬＥＤでは眠気が遠ざかる。電球色だからこそ、数ページ読んだだけで本を落としそうになり、電源をオフにするのとほぼ同時に、眠りの世界に入っていけるのだ。

使用電池が単三電池１本というのもすばらしい。「単四電池３本」とかの対極にあるスッキリさ。

私はできれば単三電池だけで生きていきたい。単三にしぼれば、非常用の備蓄もシンプルになる。

というような意図で電池が必要な商品を選んでいるのだが、リモコン類など思いどおりにならないことも多い。

テレビやレコーダーを買う時に「リモコンの電池が単三じゃないといやだ！」とゴネても、ほとんどが単四使用だからだ。

家で一番イライラするのは、ガスレンジの着火用の単一電池だ。非常に脱着しづらい位置にあるということもあり、このためだけにわざわざ単一など買わせおって！　という怒りが毎回ある。

スペーサーを使って、愛する単三電池を単一化して使ってみたこともあるが、当たり前だが減りが早く、交換回数が増えるストレスのほうが大きく、断念した。

えーと、なんの話だっけ。

そうそう、そんなわけでモンベルのそれを愛用している。

自宅での使用がメインなので、アウトドアでの実力のほどはわからないし、競合商品との比較もまだしていないが。

スマホで電子書籍を読むこともあり、それだとヘッドライトはいらないわけだが、これはもう、入眠のための儀式のようなものであり、ハイテクな機械だとなんだか眠りづらい気がするのだった。

本は、料理のレシピ本とかがいい。先が読みたくて止まらなくなることもあまりないし、おもしろすぎて眠気が吹き飛ぶということもない。腹が減ることはあるが。

さて、なぜ今回このネタをとりあげたかというと、帰省のため、今下り新幹線の中でスマホでこれを書いているのだが、ヘッドライトを忘れた。


（100V20W型マンガ家）

20 ヒゲ剃り

ヒゲが濃い。

ヒゲが伸びはじめるヤングの頃は、とうぜんそれが大きなコンプレックスだった。

でも高校の同級生に「ヒゲ剃れよ」と言われた記憶があるが、それほど一生懸命処理することはなく、だいたいほったらかしにしていたようだ。

成人後にくらべればかわいいといっていいヒゲ量であり、ヒゲ質だったと思うが、めだつほどには生えていた。

家には父親の電気シェーバーの他に、I字型のカミソリか、1枚刃の安全カミソリぐらいしかなかった。

いちおうそれらで剃ってみて、剃りづらくて放置を選んだのかもしれない。

一浪して受験の朝、東京の風呂なしトイレ共同アパートの流しで、冷水とせっけんと1枚刃で剃って、肌が傷だらけになったこともあった。

それこそ、ヒゲなんかほっといて単語の一個も覚えろと言いたいが、ヒゲは日増しに濃くなり、コンプレックスも大きくなっていたということか。

その後、革命的に剃りやすくなった2枚刃のカミソリを導入。長いこと使っていた。ヘッドが固定式の「シック スーパーⅡ」だったと思う。

電気シェーバーも買ってみたが、肌がヒリヒリしてだめで、その後は失敗を恐れてあまり買わなくなってしまった。最近になってようやく、「これでいいや」と定着した電気シェーバーはあるのだが、それについてはまた今度。

勤め人ではないので、ヒゲは毎日剃らない。3〜5日おきぐらいに、鏡の中の自分が見苦しくなってきたら剃るという感じ。

スーパーⅡのあと、3枚刃、4枚刃の時代もありつつ、近年定着したのが5枚刃の「ジレットフュージョン」。裏側にあるピンポイントトリマーという1枚刃の使い勝手がとてもよく、もうこれでいいやと愛用してきた。

元は単四電池を入れて微振動を加えるタイプだったが、もう電池は抜いて使っている。

これできまりと思いつつ、子供の幼稚園の集まりで「父兄に」とくばられたのが「シック ハイドロ5」。業者から販促商品をもらったらしい。

これが、なんというか、剃り味が革命的にちがった。お湯がいらないとまでは言わないが、あまり真剣にお湯でヒゲをやわらかくしなくても大丈夫な感じ。

無精者の無精ヒゲにはドンピシャの製品といってよく、申し訳ないがここ数年、フュージョンの出番はない。業者の「幼稚園へ」という、まさかの販促が功を奏した形だ。

フュージョンも替刃と共にまだあるので、今のハイドロ替刃が切れたらまた使おうと思うくらいには、じゅうぶんヒゲの友（いや、敵か？）として満足している。

ケアがめんどくさい濃いヒゲ、という自分の宿命によりそい、軽減してきてくれた数々の刃たち。

もうコンプレックスなどという若々しい感情は消え去った。

「濃いヒゲのおかげで、お前たちと出会えた」と思う。

（カミソリ負けマンガ家）

買いもの その後

しょぼい「その後」ばかりでもの悲しいが、ヒゲがどんどん頭髪以上に白くなってきて、無精ヒゲづらがたいへんおじいちゃんっぽい。なので、最近はちょっとマメに剃ってます。

21 電気シェーバー

ヒゲ剃り話の続き。

基本はずっと複数刃のT字カミソリを愛用しているのだが、電気シェーバーを買ったこともある。

あるが、合わなかった。

深剃りになりすぎ、肌がヒリヒリしてしまう。

毎回皮膚を削られているような嫌な感じで、まったく使えず、7、8千円だったたか、バカにならない出費をしたのに、失敗買いものとなった。

その後、もう一回ぐらい別メーカーのものをおそるおそる買った。

最初のよりはマシだったが、やはり気持ちよく使用できたとはいいがたく、すぐにまたT字カミソリに戻った。

店先で試し剃りできるわけでもなく、次々と買い替えて探すほどの意欲はなかった。

ネットショッピング以前の話であり、「購買者のレビュー」というものも、まだ世の中にほとんど存在していなかったのだ。

勤め人じゃないので毎日剃る必要もなく、T字で十分といえばいえるのだったが、その10年後ぐらいに、ようやく「これでいいや」と思えるシェーバーと出会うことができた。

購入は２０１１年6月。本体のシールに書き込む欄があり、律義に書き込んでいる。

三陸沿岸にボランティアに行っていた頃であるが、同時にムスメが1歳という時期でもあり、夏には節電も兼ねて、長野の妻の実家に妻子だけしばらく帰ったりしていた。

私も一、二泊合流する時に、無精ヒゲだとあちらのご両親に失礼かも、電気シェーバーを買おう、と思った。

20代、30代に買った時はまだインターネット時代の前だったんだなあ、などと思いつつ検索し、目に留まったのが、「パナソニック　スーパーレザー　ＥＳ３８３２Ｐ」。

今も現役商品であり、値段は２千円弱。当時もそんなものだったと思う。

失敗してもそれほど惜しくはない値段であるが、コスパも含めて評価が高く、失敗の可能性は低そうだった。

なにより、おお、わが愛する単三電池２本使用！　すばらしい。

節電で照明を落としていた家電量販店でゲットした。

ヒゲが伸びぎみだと剃り残しも多いが、肌がヒリヒリするようなことはなく、私のテキトーシェービングには十分だった。

妻実家や旅先には二、三度携行したが、「わが無精ヒゲなど気にする者はこの世に一人もなし！」という真理に気づき、いっさい持ち歩かなくなった。

その後7年あまり、T字型と交互に使ってきた。

そういえば、これが丸洗いできるということに、買って4年間ぐらい気づいていなかった。うわ、本体に「WET／DRY」って書いてあるわ！　と、最近気づいた。

アホだ。

妻に「ヒゲの粉が飛び散って汚い」と苦情をいわれていた日々をつぐなうかのように、それからは使うたびに水洗いをし、専用オイル（パナソニックのをわざわざ買いました）をたまにさしたりして愛用している。

壊れたらまた買いたいので、廃版にしないでほしいと思います。

（粉ヒゲマンガ家）

22 関節可動フィギュア

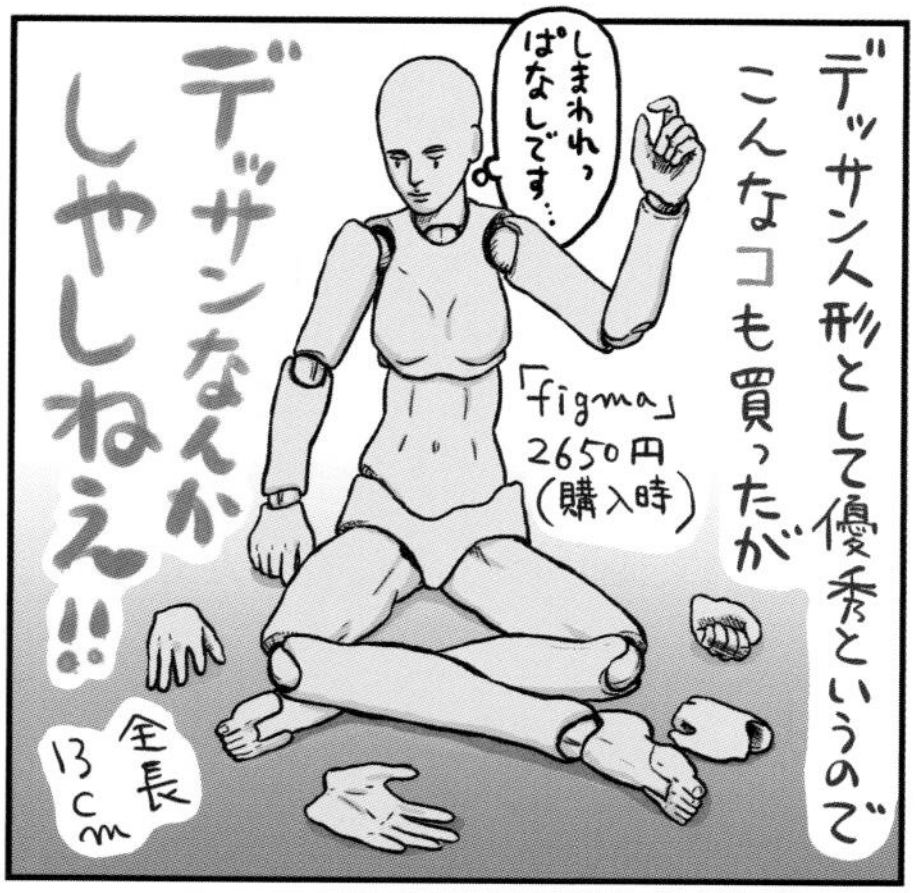

各関節が可動するフィギュアが好きだ。

好きだが、そんなには持っていない。持ってる人から見れば赤子同然だろう。

こづかいや置き場所の問題もあるが、そもそも収集癖というものがあまりないのだ。

ある程度の大人買いもできる歳になったのに、買うことに対してはどんどん慎重になっていく。

それには自制心以外の理由がある、と最近気づいた。

私が小学生の時、夢中になって遊んだのが、タカラの「ミクロマン」である。

その、当初はテレビ番組が原作ではなかった、SFの香り漂うシリーズが欲しくて欲しくて、こづかいやお年玉をためて購入した。

複数買い集めたり、乗りものや武器をすべて買う余裕はなかったので、1、2体を大事にして、独自の「おれミクロマンワールド」を脳内展開させ、コタツのまわりなどで遊んでいた。

特に「タイタン」という、肩と股関節が球体磁石でできているキャラには惚れ込んでいたっけ。

今も私の中にある「各関節が動くフィギュアが好き♥」という思いは、まちがいなくミクロマンに植えつけられたものだ。

その流れで、人生の折々に、「全身可動ケンシロー」とか「特撮リボルテック」のアイアンマンとか、「Ｓ．Ｈ．フィギュアーツ」のウルトラマンなどを買って、それなりに楽しんできた。

食玩の関節可動式のヒーローシリーズも、近所のスーパーを駆けずり回って集めたりした。

その程度には愛好しているのに、「欲しいと思ったものはとりあえず買う」というようなことが減ってきた理由は何か。

それは、「手」である。

ポーズに合わせて脱着できる、様々な形の「手」。

あれがどんどん増えていくのがわずらわしい。

引き出しの中に何個あるんだ、いろいろなヒーローのいろいろな手が！

あれを付け替えて、それにふさわしいポーズをさせて遊ぶことなど、買ってせいぜい１、２回。

私に必要なのは、手の指が開閉して、物をしっかりつかめるようなギミックである。

『仮面ライダードライブ』の「タイヤ交換シリーズ」がそうだった。いろいろなものをつかませて楽しく遊んだあとに、近所の「ライダー仲間」だった幼稚園男子にあげた。

細かい、ツウ好みの関節可動ではなく、大ざっぱに動けばいい、ということなのかもしれない。おそらく、子供のころ私に染みついた遊び方の中に、「番組の名場面を再現」はないのだ。ヒーローの決めポーズを再現することなど、私のフィギュア遊びの目的ではないのである。

脳内ストーリーに使える、換装できる武器やアタッチメントならまだしも、グーだとかパーだとか、まったく不要なのであった。

いろいろ言いすぎな気もするが、それが、「手首交換系」フィギュアをあまり買わなくなってきた理由である。

「手で武器など持てる系」は、これからもできるだけ買います！

（ミクロマンガ家）

買いもの
その後

バンダイの「ウルトラアクションフィギュア」というシリーズがまさに「手でものをつかめる」理想の出来映えで、何体かウルトラマンを買って、百均で買ったフライパン型計量スプーンなどなど持たせて遊んでいる。

23 パジャマ

大人になってから、寝る時にパジャマをほとんど着ないで過ごしてきた。

着たこともあったが、すぐに着なくなって処分したと思う。

いやちがう。正確にいえば「パジャマズボン」ははき続けた。寝る時にパンツ一丁より安心感があるし、ふとんカバーやシーツの汚れも減る。

つまり、「パジャマ上衣」だけがリストラされた。

なぜかというと、Tシャツでじゅうぶんだったからだ。寒い季節はロングTシャツを重ね着すればいい。

なので、若い頃から「パジャマのズボンだけ売っていないか」とよく思っていた。

上下セットを買って上だけ捨てるわけにもいかないので、どうしてきたかというと、薄手のルームパンツを買い、パジャマがわりにしてきた。同様の人も多いのではないだろうか。

夏はステテコとTシャツ。寒い季節はルームパンツとロングTシャツ。その組み合わせで私の睡眠はじゅうぶん安らか…、であるはずだった。

この冬、酒を飲まずに寝る晩が増えたためかもしれないが、寒いわけじゃないのにスースーするような気がするというか、おちつかなくて寝つけないことがあった。

パジャマがわりのロングTシャツラインナップに、まちがって買った「七分袖」が混じっているせいもあるかもしれない。なんでこんな半端な袖のシャツを買ってしまったんだっけ。

そんな思いで、数日後、スーパーのパジャマコーナーに立った。

なんだか周囲に「入院」「介護」といったような、独特のオーラが漂っている気がする。

だがすでに、初老といってもおかしくない年代の私。ここにこそ、私が求める安眠の切り札があるんじゃないだろうか。

若い気分で、不要なものとして切り捨ててきた「パジャマの機能」を、見直してみてもいいんじゃないだろうか。

たかが東京の冬だし、マジに暖かいやつじゃなくてもいい。

おっ、これはどうだ、と選んだのは、日本製の綿80%、レーヨン20%のもの。「播州織。兵庫県で生まれた逸品」であるらしい。襟のタグには「日本の匠」と書いてある。

買える国産品は買って応援したい。税込み２千６８９円。高いんだか安いんだかよくわからない。

さっそく着て寝てみた。

……パジャマ、いい。

ささやかだが襟があるため、首元の安心感みたいなものは確実にあり、寝つきがよくなった気がする（当社比）。

妻（子供とともに、パジャマではない適当な何かを着て寝ている）に「いきなりパジャマなど買って、洗濯とかウザくないか？」と聞いてみた。

「最初はイラッとしたが（したのか）、岩手のお義父さんが泊まりにきているようで、これはこれで」ということである。

調子にのって、もう一着買うことを計画中だ。

（寝汗ぴゅーぴゅーマンガ家）

買いもの その後

パジャマの下はたまにはいているが、上はすぐに着なくなった。冬もTシャツ。なんか、そういう体なのだ、と思うしかない。

24 バリカン

髪やヒゲの話題が続くようだが、実は昔から理容店が苦手である。

昔ながらの床屋さんが、というべきかもしれない。

イスに座っている1時間強が、かなりつらい。ヒゲが濃いので、店の人が「完璧な仕事をしないと！」と張り切って、いつまでもいつまでもヒゲを剃り続けるような気がする。

拷問、という言葉が浮かぶ。

若い頃はなぜか「ヒゲは必ず剃ってもらわなければいけないもの」と思いこんでいた。

経験値が上がるにつれ、「ヒゲは軽く、ざっとで、深剃りとかしなくていいから」と注文したり、床屋に行く日は朝しっかり自分でヒゲを剃り、「シェービングはなしでいいです」と断る技を身につけた。

それでも、洗髪の快感、マッサージの気持ちよさなど、トータルな爽快感の記憶はもちろんあるけれど、残念ながら苦手意識のほうが残ってしまった。

一時期、妻の伊藤が通っていた美容室を行きつけにしていたことがあるのだが、ヒゲ剃りは最初からないし、それなりにオシャレに仕上げてくれるし、あの数年間はよかった。

それまでの人生にほとんどなかった「なじみの髪切り場」であり、世間話もできて気分的に楽だったのだが、自宅からちょっと遠いため、妻ともども、やがて行かなくなってしまった。

またあっちの店、こっちの店と近所の理容店を渡り歩きはじめたのだが、また苦手意識と「どうもかっこよくない」感じに悩むことになる。

もう髪型なんかどうでもいい！　と思い、バリカンを買ったのは、２０１５年だったか。

パナソニック「ボウズカッター」。５千円ぐらい。

「もう坊主にする、坊主坊主！」と決意した目が、この商品名に引き寄せられたものか。

浴室で自分で刈るつもりだったのだが、妻が妙に興奮してしまい、刈ってくれることになった。

何かがバレて罰を受けているかのように、パンツ一丁で妻に丸刈りにされる。寒い季節は千円理容店を利用する。そのシフトが2、3年ほど続いただろうか。

「妻による丸刈り」時代は、トータル20回になるかならないかぐらいで、なんとなく終わった。

まだなんらかの自意識があるのか、いつまでたっても鏡の中の自分の坊主頭に慣れなかった、というのもある。

千円理容店はすぐに1千80円になり、最近1千２００円になったけれど、今では通年そこを愛用するようになった。

職人さんによる当たり外れはあるものの、なんといっても所要時間が短く、忙しい妻に時間を作らせ、浴室で半裸になるより実は気軽だ、と気づいたのが大きかった。

そんな感じで使わなくなってしまったバリカンだが、失敗したとは思わない。

坊主頭は気持ちよかった。

いつかまた来るかもしれない「もう坊主でいい」という日まで、静かに眠っていておくれ、ボウズカッターよ。


（サッパリマンガ家）

買いもの その後

最近の夏のあまりの暑さに、千円理容店で自分の番を待つことすら面倒になり、妻のバリカンによる坊主が復活した。

25 手動みじん切り器

「みじん切り」という言葉より先に、私が耳にした「微塵」は、マンガやテレビで使われる「木っ端みじん」であっただろう。

力が強そうな敵が「木っ端みじんにしてくれるわ!」などと言っていた。

料理番組や母親の料理本で、比較的早く「みじん切り」という言葉も覚えたような気がするが、実際に自分で初めて野菜をみじん切りにしたのは、いったいいつだったのだろう。

小中高とよく作っていたインスタントラーメン程度だと、みじん切りの出番はなかった。

上京して一人暮らしを始め、焼き飯用にタマネギをきざんだのが「人生初みじん切り」だった可能性は高い。

その後の自炊人生で、それなりにいろいろな野菜を包丁でみじん切りにしてきた。

フードプロセッサーを使った時期もあるが、洗うことや場所をとることがめんどうで、やがて処分。

包丁に戻った。

ホームセンターでそんな私の視界に入ってきたのが、「みじん切り器」である。「ｅｃｏな手動」と書いてあるとおり、電化製品じゃないところにそそられた。

「包丁でも間に合うけど、ちょっと買ってみちゃおうかな」と自分で自分の背中を押す時に、エコはけっこう有効だ。

二つのメーカーの製品が並んでいたので、安いほうを買う。税込み９５０円。

帰ってさっそく晩ごはんの麻婆豆腐用に、長ネギをみじん切りにしてみる。

１・５センチぐらいにぶつぶつ切ったネギを容器に入れ、ひも付きのハンドルを引っ張ると、ひもがゼンマイで戻る。何度かくりかえすと、あっという間にみじん切りのできあがり。

大きさが不ぞろいでラフな感じだが、十分ではないでしょうか。キーマカレーのタマネギとか、餃子のキャベツとか、いろいろ試したくなってきた。

ざぶざぶ洗って、さてネットの評価でも読むかと、通販サイトのレビュー欄を開く。

うめき声が出た。
☆４つの高評価ではあるものの「ふたの丸洗い禁止」に対する不安の声がちらほら。
なんだと！

外箱の細かい「取扱い上の注意」を読むと、たしかに「ふたの丸洗いは避けてください」の文字が！

いや、ふたの裏にネギやニンニクのかけらがついたら、普通ジャーッ！　と水で洗い流すだろう？

「ふたに水が入った場合は、側面の水抜き穴から水を振り出してください」とあったので、振ると水が出てきた。

これ、水入らないように洗うのたいへんだよ！

念のため、ホームセンターで見送った競合品のページを見ると、

「ふたも洗える」

と、いばるように書いてあり、しっかり他社を意識してる！

まあ、万が一くるかもしれない過剰なクレームを想定した、やや過敏な予防線といったところか。

気にせず、じゃぶじゃぶきれいに洗って使おうと思う。


（木っ端マンガ家）

買いもの　その後

ぜんぜん使っていない。

26 機動戦士ガンダム 記録全集

親の相手をしに実家にきている。

『チコちゃんに叱られる！』などを見ながら夕飯を食べて会話をするとか、そういう相手だ。

産直やスーパーで買いものはしたが、そうそう目新しいものがあるわけでもない。

何かネタはないかと、30〜40年前の本がまだしっかり残っている自室に行ってみる。

あっ。

これは、当時の親に「ごめん、買っちゃいました…」とあやまるべき物件かもしれぬ、というものを、カラーボックスの奥に発見。

『機動戦士ガンダム 記録全集』

アニメ制作会社の「サンライズ」（当時は日本サンライズ）の公式豪華資料集である。全5巻。サンライズに直接注文する通信販売で買ったものだ。

1、2巻は2千700円。3巻はどこにも書いておらず不明。4、5巻は2千900円。他に各送料350円。
1979年12月から1980年にかけて、数カ月おきに立て続けに発売されたのだった。

放映期間が'79年4月から'80年1月なので、放送終了前から刊行に踏み切ったということか。

それほどにガンダムは、アニメファンの間で熱狂的な盛り上がりをみせていた。

刊行時期の私は高校1年生。

せっせとアニメ、マンガ雑誌を買い、そのほとんどすべてのページを熟読。情報収集に精を出していた。雑誌代だけでもたいへんなのに、この高額な豪華本も買わずにはいられないほど、いわゆる「ファーストガンダム」には悪魔的な魅力があった。

中学2年の頃は新聞配達のバイトをして、雑誌や書籍やレコード購入に充てていたが、受験のために休止したあと再開はしておらず、こづかいは潤沢ではない。

ただ、勤めに出ていて忙しく、それほどうるさく干渉してこなかった母親に「参考書が…」などと頼めば、月のこづかい以外にもわりと無条件にお金をもらえた頃であり、そのへんを大いに利用した気がする。

マメに親戚をまわり、おじさんおばさんからいただいたお年玉も、確実にガンダムにつっこんだ。

久しぶりにぱらぱらページをめくってみる。

映像ソフトの所有、ということがまだポピュラーではなかった時代なので、とにかく可能な限りの名カットを入れ込んでカラーページ多数。

たしかに豪華本である。

作画監督・安彦良和さんの、若く熱い寄稿文などもステキ。

ただ、ハッと気づいたのだが、5巻がない。

どこか別のところに？

いやちがう。買わなかったんだ！

全5巻の4巻まで買って、'80年10月刊行予定だった最終巻は買わなかった。

なんて半端な！

月日が経ち、すでに他に欲しいものができていたのかもしれないが、なんとまあオレっぽい買い方。

処分するにもなんだか買い叩かれそうな揃え方なのだが、当時は「いつか処分する」可能性なんて、毛ほども考えなかったのは間違いない。


（人型汎用機動マンガ家）

27 自撮り棒

衝動買いというわけではない。

自撮り棒の必要性は感じていた。

それは、観光用に、というようなことではなく、「横になっていてネコが腹に乗ってきた時にあると、ツーショットが撮れるな」という理由である。

手を伸ばした自分撮りでは、私とネコがうまく収まるようには撮れないのだった。

とはいえ、ネットで買ったり、家電量販店に見に行ったりするほどの緊急性はまったくなく、保留にしておいたのだ。

出会いは意外な場所だった。

なじみのスーパーでゴボウやヨーグルトを買うために、レジに並んでいた。土日はまとめ買いの客が多く、前にいる二人とも、カゴに山盛りの商品を入れている。

ヒマなのでレジ横の「電池などコーナー」を見ていたら、そこにぶら下がっていたのである。オレンジ色の、日本語がどこにも書いていない細長い箱が。

「ＭＯＮＯＰＯＤ」と大きくロゴがあり、つまりカメラ用の「一脚」ということだが、パッケージ写真の外国人女性二人が使用している姿はまさに自撮り棒。

手にとって英語の説明をなんとか読む。

「写真もビデオも、どこでも自分自身を！」などと書いてある。

１分ほど考えて、カゴに入れた。うしろに並んでいる客から
「あ、買った……」

「このおやじ、自撮り棒買った」

という心の声が聞こえた気がした。税込み８１０円。

箱の中には日本語はおろか、英語や中国語などの取説すら入っていなかった。どういうところから買い付けたのだ、いつも行くスーパーよ。

長さは携帯時30センチ、最大に伸ばして１１０センチ。Ｂｌｕｅｔｏｏｔｈの撮影リモコンは付属しておらず、カメラやスマホのセルフタイマーを使うタイプ。この値段だもんな。

なるほど、ここにこうスマホをはさむのか、と、しばらくいじっているうちに構造は理解した。

散らかりまくりの娘の机まわりなど撮ってみる。そこそこおもしろい。

「なんだそれは！」と、妻がやってきたので、いっしょに自撮りをしてみたりして、外国人観光客気分を味わう。

自室に寝転がって、いわば自分をエサにしていると、さっそくオスネコのほうが寄ってきて、腹によじ登った。重い。

よし釣れた、と、自撮り棒にスマホを装着しはじめたら、ネコ、腹から降りる。こら動くな。

自撮り棒の持ち手のストラップに反応している。

ぶらぶらゆれるストラップを、何か遊んでくれるものと思い、腹の上におちつこうとしない。

そういうわけで、初回のネコとのツーショット自撮りは、微妙な数枚が撮れたのみだった。

まあいい。本来の用途、人間の観光記念写真にも使えそうだし、悪い買いものではなかった。

画像を頼りにネット検索したら「ノーブランド品、372円」とある。

ノーブランド、そして半額以下か……、とも思ったが、なじみのリアルスーパーに儲けてもらうことも、地域社会で暮らしていく上での、買いものの一つの形だろう。

（店の思うつぼマンガ家）

買いもの
その後

だいたい展開がおわかりかと思うが、ネコとともに何枚か自撮りしたあと、一度も使っていない。

欲

おまけマンガ②

いい歳だし これからは 持ち物をへらして 修行僧のように 生きたいなー
物欲の女神様 あんなこと 言ってますぜ
ウフフ そんなことは させませんよ
買
女神 暗示光線！
パァァァー
……
カチャ カチャ カチャ
禅僧の 修行用食器 「応量器」を くださーい！
仏具
オホホホ ホホ
買
女神様 さすがー

28 映像ソフト入れ

ＣＤやＤＶＤ、ブルーレイソフトは、それなりに買うほうである。

音楽はさすがにデータで買うことが多くなってきたが、映像ディスクはあいかわらず、気がつくと買っている。

最近も電子書籍で『日本沈没決定版』を読み終え、たまらなくなって、かつて何回か観ている１９７３年版映画のＤＶＤをあらためて注文した。

不勉強ながら原作を初めて読み、より深い感銘を受け、映像をもう一度確認したくなったのだった。

が、まだ観ていない。

同様に、買ったけど観ていないソフトは多い。

『シン・ゴジラ』で、庵野秀明総監督が岡本喜八監督の『日本のいちばん長い日』に影響を受けていると知り、さっそくＤＶＤを買い、そして観ていない。

もちろん観ないつもりではないので、「いつか観るコーナー」に並んでいる。

そのコーナーのタイトルを並べてみると、『ぼんち』『浮草』『稲妻』『生きていた野良犬』『小原庄助さん』などなど、昔の映画を中心にキリがない。

映画じゃない『ＮＨＫ特集　永平寺』なんてのもある。

洋画だと『捜索者』『勇気ある追跡』『バス男』『要塞警察』『バベットの晩餐会』『オデッセイ』『インターステラー』などなど。いい評判を聞いてポチったのはいいが、そのまんま。

マーベルヒーローものなんかだと（全部買っていないが）届いたらすぐ観るのだが、なんだろうな、この「あとまわしにする、しない」の差は。

テレビシリーズのＢＯＸも、そういうことになりがちだ。

『仮面ライダーダブル』ＢＯＸなど、本放送の録画をくりかえし観ていたので、前半で視聴がストップしてしまっている。

そんなに高くないし買っちゃえ、あるいは、ファンとしてきちんとお金を入れなければ！　的な考えで、映像ソフトは増殖していく。

レコードや、ＶＨＳ、レーザーディスクを思えば、夢のようにコンパクトになったわけだが、それでもケースの「ディスク本体以外の厚み」は相当なものだ。

なので長年買い集めたＣＤは、思い切ってケースを捨て、無印良品の「ポリプロピレンＣＤ・ＤＶＤホルダー・２段　40枚収納（80ポケット）」に収納し、すっきりさせた。

DVDも、たとえば『ウルトラマン』『ウルトラセブン』全話などは、それに収納。すっきり。

ただ、最近はブルーレイも多いし、ブルーレイは不織布のホルダーに出し入れすると読み取り面が傷む、ということを耳にし、無印ホルダー以外の手はないか、と探していた。

探し回るまでもなく「DVDトールケース　12枚収納　連続ドラマ用」というような製品を見つけ、それにディスクを整理しはじめた。「ブルーレイメディアにも最適」と書いてあり、たのもしい。

未見の作品をそれに収納すると、余計に観なくなってしまいそうなので、本棚を空けるためにも「いつか観るコーナー」の縮小が、今後の課題だ。


（積ん読マンガ家）

29

禅《ぜん》寺《でら》本《ぼん》

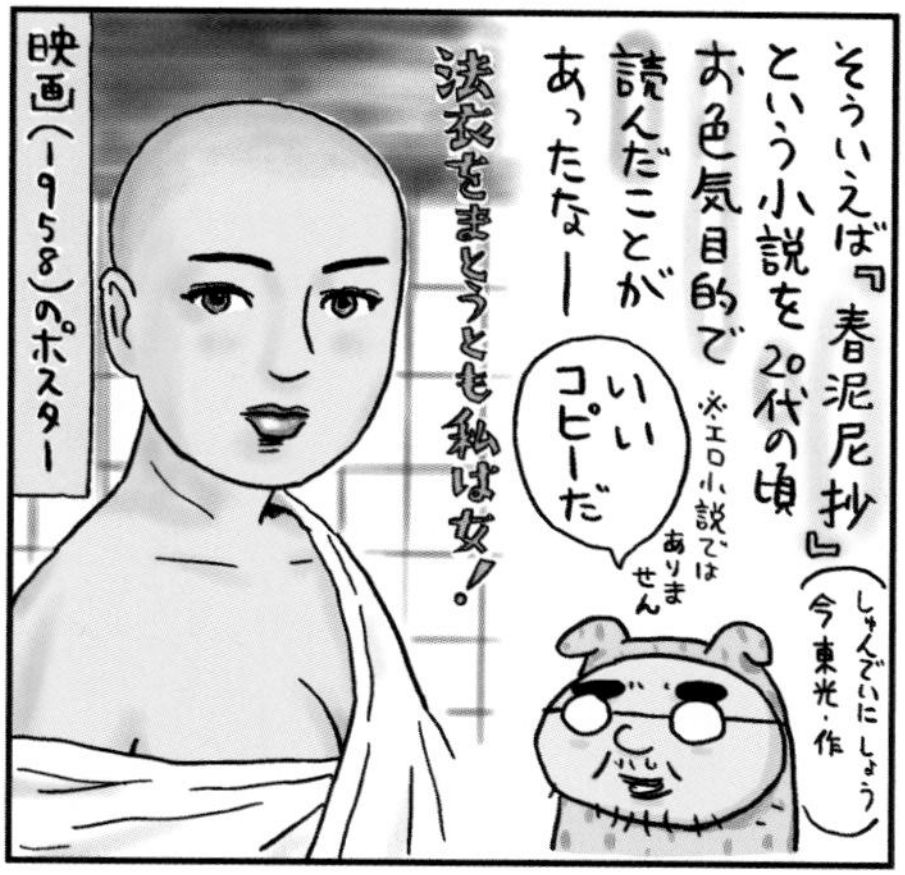

きらいではない炊事とはいえ、毎日朝晩やっていると、軽いストレスはたまる。

そこで、なんというか初心に返る必要があるな、と思い、精進料理の本を再読したり、新たに買って読んだりしている。

昔から、もう亡くなられたが藤井宗哲《そうてつ》氏の著作（『鎌倉不識庵　精進料理十二ヵ月』など）が好きで読んできて、一食まるまる精進料理みたいなことはしないけど、昆布と干し椎茸でだしをとるけんちん汁など、自分のレパートリーにしたものもある。

だが、精進料理本の効用は、レシピの部分にはない。

典《てん》座《ぞ》（炊事当番のお坊さん）の心構えを、なんとなく参考にできる、というところにある。

つまり、炊事をすることが、座禅などと同じく自分の修行であると思ったりできる。

妻子は雲水（修行僧）であり、その雲水たちの、マンガを描いたり算数の勉強をしたりする修行をささえるのが、典座である私の修行ということである。

重い腰をよっこらしょと上げる時、こういう自己暗示は役立つ。

このようにエア修行僧？　の気持ちになることで、めんどくさくなりがちな炊事を、けっこうフレッシュな気持ちでこなすことができるようになってきた。

そんなつもりで炊事をしてみると、床の掃除もちゃんとしなきゃな、と思いはじめて、モチベーションを高めるために、禅寺の「掃除本」も何冊か購入。

みなさん疲れていて、なんらかの救いや、自分をアゲてくれるものを求めているのだろう。そんな本まで出ているのです。

まあ、普通のことが書かれているのだが、その普通なことがなかなか難しいのが我々凡夫である、ということがよくわかった。

そして、そこからもレシピのようにとりいれた習慣がいくつかあり、その一つが、「床の上にできるだけ物を置かない」ということである。

私の仕事場も、気がつくと本や雑誌やフィギュアやアウトドアグッズで、足の踏み場もない状態になりがちだった。

それを、気合いを入れてきれいにして、維持するように努めてみると、これがなかなかいい、という当たり前なことを知った。

私以上にダメ仕事場の妻など、たまに入ってきては「きれいだ…」とうっとりしている。自分のまわりをあっというまに汚部屋ならぬ「汚エリア」にすることが得意な娘にも、「ほら、ちょっとお父さんの部屋を見てきな。きれいだから！」などと言うくらいには、きれいな部屋になった。

精進料理、掃除本を合わせて「禅寺本」といっている。

「禅の本」ではない。

禅の精神や教義まで学びたい、というような向学心ではなく、禅寺で修行をするお坊さんの暮らしを知り、参考にしたい。そんな程度のことを思える本。

「ムダなものは持つな」ということが基本だったりもして、いつもの買いもの行為が叱られている気がすることもあるが、禅寺本、たまにはいいものです。

（なまぐさマンガ家）

買いもの その後

この時かたづいた仕事部屋は、いつしかまた雑然と畳の上に物が積まれはじめ、ダメな感じに戻った。

30 無添加ドライシート

掃除のやる気を出すために、『片づける　禅の作法』（枡野俊明、河出文庫）など、掃除系の「禅寺本」数冊を読んだ私。

ムリムリと思う部分も多いが、「完璧にしようとしても続かないから、毎日必ず掃除をする場所を、一カ所でいいから決める」ということなどは、実践しやすいのではないかと思った。

わが家にはネコが二匹いて、ペットがいないお宅より、確実に毎日出るホコリの量は多い。妻も私もたまにしか掃除機をかけないため、「日ごとに大きくなっていくホコリのかたまりを見て見ぬふりをする」技術だけは上達した。

これではいかん。

ダイニングキッチンの床と、それに続く玄関前までの廊下は、とりあえず朝起きたら乾拭きする、ということにしてみた。

禅の修行っぽくとなると、なんといっても「雑巾がけ」だろうけど、まあ、こちらは俗界の民。ほうきで掃くことを兼用した「フローリングワイパーがけ」でいいのではないか。

はだし生活の夏以外はなかば休業状態のフローリングワイパーをひっぱり出した。替えシートの買い置きもまだ十分にある。

３Ｍ「無添加ドライシート」18枚入り。

最初これを見た時は「無添加って、食うのか？」などと思ったものだったが、赤ん坊が床をベロベロなめるようになった時に、

「そうか、こんな時のための〈ノン流動パラフィン〉か！」

と、気づいた。

そして、ゴミ吸着のための薬剤を使っていないことで、ワイパーにつけなくても、手持ちのちょっとした掃除用に用途が広がることを知り、今ではこれしか買わなくなった。

ということで、毎朝起きたら、寝ぼけまなこでメガネもかけずに、キッチン前、テーブル下、ネコ食器まわり、廊下、玄関を5分ぐらい掃除する。

これだけならめんどうじゃない上に、メガネをかけないことで「完璧に拭けてなくてもＯＫ！」という逃げ道まで用意し、毎日気軽に続けられるようにした。

ただ、近所のスーパーで18枚入り税込み３７５円。片面ずつ二日で1枚使うので、一日約10円か。

これはけっこう高いな。いや、安いのか？

古タオルを縫った雑巾を、ボロボロになるまで大事に使いなさい、という禅の教えが、心をチクリと刺したりもする。

毎日ドライシートじゃなくてもいいだろうと、キッチンタオル（紙パルプの、ロールのやつ）２カットぶんをワイパーに装着。ドライシートがわりにしてみた。

とうぜんだがキャッチ力は弱く、逃げるホコリも多いが、掃除できないことはない。

完全な代替品にはならないけど、水増しの役には立つだろう。

そこに週一ぐらいでいいから雑巾がけも組み込めば、とも思うが、雑巾を洗い、しぼって干す一手間が敷居を上げそうだ。

とったホコリやゴミをすぐに捨てられる気軽さには代えられず、しばらくはこのドライシート&キッチンタオルシフトでいこうと思っている。

（毛集めマンガ家）

31 小《しょう》青《せい》龍《りゅう》湯《とう》

スギ、ヒノキの花粉症が発症して、二十数年がたつ。

他の季節の花粉は大丈夫だから、まだ幸いなほうといえるのだが、3月4月は毎年ハナをかんでいる。

とはいえ、最初の数年は症状がひどく、病院に行ったこともあったが、今は経験値を積み、それなりにやりすごす様々な対処法を身につけた。

最大のガードは「あまり外出をせず、花粉を吸わないこと」に尽きるのだが、職業柄それができる環境にあり、申し訳ないやらありがたいやらだ。

買いものなどに出る時は、マスク、帽子、花粉が落ちやすい上着の装備で出かけ、1、2時間で帰ってきて空気清浄機の前でゴロゴロ転がって花粉を除去する。

わずらわしい季節ではあるが、春がきらいかといえばそんなことはなく、次々に咲きはじめる花を普通に楽しみにしている。山菜や春野菜もうれしいですね。

どうしても長時間外出しなければならなくなった時は、常備している薬にたよる。

かつては耳鼻科で処方してもらったり、市販薬を買ったこともあるが、今は漢方薬だ。

「小青龍湯」

鼻水、アレルギー性鼻炎に効果あり、という薬で、私には効いている実感がある。

毎日3度飲むほどつらくはないので、たまに飲む。常用しないから効くのかもしれない。

春、確実にやってくる「長時間外出業務」は、飲食をともなう花見である。

２０１９年も参加して、酒気帯びで子供とバドミントンをして転びそうになったりしたが、やはりパスするわけにはいかない春の楽しみなのだった。

もちろん事前に小青龍湯を飲んでいくのだが、酔っぱらって帰宅後、ざっとシャワーで花粉を洗い流しはしたものの、寝る前に一服飲んでおくことを忘れてしまった。

午前2時すぎ、うっすら目覚めた瞬間に、つーーっとあふれるような水っぽい鼻水が。その後、二度寝できないレベルで鼻水、鼻づまり、目のかゆみに襲われ、完全に眠気を奪われる。

横のふとんの、花粉まみれのクマバチ状態で帰宅して、風呂にも入らず外出着のまま寝てしまった子供をうらめしく思う。

とりあえず顔を洗い、場合によってはちがう部屋に寝床を移すか、と考えつつ、これまた常備している花粉用目薬を差し、小青龍湯を飲んだ。

青龍が鼻の奥をぐるぐる回転しながら花粉を退治している様子をイメージしているうちに、症状はおさまり、ふたたび眠りに入ることができた。

なぜこんなかっこいい名前なのかというと、配合されている生薬のうち、「麻黄」の色が緑色だから、らしい。大青龍湯という大ボスみたいなのもあるそうだが、市販されているのを見たことはない。

花粉を飛ばす植物や、それにアレルギー反応を起こす自分の体や、漢方薬の知識の蓄積や、龍や幻獣を想像する人の心などなど、いろいろな物のつながりを思いながら、過ぎゆく春を楽しんでいる。

（ヒスタミン分泌マンガ家）

32 ピンポンセット

故郷、岩手県奥州市の100円ショップを数店回った。

平成の30年間でみるみる成長し、一大産業となった商業形態といえば、この「100円均一ショップ」だろう。

ウィキペディアによれば、1985年に、ライフという会社が「100円ショップ」という店名で営業開始、とある。「ダイソー」が100円均一ショップの直営店を開店したのが1991年。平成の人々の消費は100円ショップと共にあったといっていい。

最近は均一ではないが、以下「100均」と略す。

100均がどんどんポピュラーになっていった時代とはいえ、平成前期の比較的若い頃、私はあまり利用していなかった。

仕事道具は文具・画材店で買っていたし、台所用品も、デパートや専門店で、プロユースっぽいものを買うことに喜びを感じていた。

というか、初期の100均は「値段なり」の安っぽいものが大部分だった印象がある。

だが１００均は進化し続け、どんどんおもしろみが増していき、平成中期には、私のそぞろ歩きコースになくてはならない店になった。

たとえば、コミックスが売られていた時期があった。もう流通していないかつての名作的なラインナップで、『巨人獣』（石川球太）などを買った記憶がある。

川のせせらぎや野鳥の声が入っている環境音ＣＤ、『北の大地　北海道からの便り』は、今でもたまに聴いている。

というように、年々１００均依存度は高くなり、角型ステンレストレイ、コインケース、スマホスタンドなど、愛用している品物も多い。

故郷の１００均はどこもフロア面積が広く、うちの親も含め、人々の暮らしになくてはならないものになっているようだ。

それでいて、何か買いたそうなご主人に、奥さんが「何もいらない！」とピシャッというところも見かけ、実に１００均らしい。

せまい東京の１００均しか知らない小学生の娘には、クラフトコーナーが宝の山に見えるそうだ。

一人で帰省した今回は、そのへんの何が欲しいのか見当もつかず、東京でも買えるだろうなと思いつつ、みやげに「ピンポンセット」を購入。

まさしく「子供だまし」の権化のようなオモチャなのだが、もしかしたら楽しめるかもしれない、というオーラが出ていた。

品ぞろえは、各社共通の定番商品がもちろん大多数だが、売れればめっけもの、みたいな考えで企画会議を通ったとしか思えない細分化商品も見かける。

ベニテングタケの形の「きのこ印鑑ケース」とか。

炊飯器でご飯と同時におかゆが作れる「おかゆカップ」とか。

「缶バッチカバー」とか。

缶バッチを傷や汚れから守る必要がある人が、世の中にどれだけいるのだろうか。

古生物の「進化の系統樹」ってあるでしょう。

あれの、細かい枝分かれの先っぽの、牙が変な生え方をしてるような、妙な方向に進化して絶滅してしまった生物を、１００均で見ているような気がすることもある。

（消費税引き下げ期待マンガ家）

買いもの その後

ピンポンセットはけっこう盛り上がったのだが、２週間ほど遊んだあたりで子供も私も飽きた。

33 ハム保存容器

家でハム、ソーセージを食べる頻度はそれほど高くない。子供はもちろん好きなので、妻が食材宅配の「生活クラブ」でウインナーをたまに注文する。そんな程度だ。

子育てをするにあたり、まだ体が未完成なうちは、一般的なハム、ソーセージは、なんとなくあまり常食しないほうがいいんじゃないかなー的な、「ゆるふわ無添加志向」みたいなものがある。

魚肉ソーセージや、サンドイッチなど総菜パンはたまに食べさせているので、厳密なルールというわけではないのだが。

私はソーセージに対する思いは普通だが、ハムはけっこう好きで、自宅であまり食べない反動からか、居酒屋などではハム愛が爆発する。

ハムカツ、ハム入りのポテトサラダやマカロニサラダ、ハムエッグなどなど、ここぞとばかりにハムものを頼みまくってしまうのだった。

２０１８年に閉店した渋谷の立ち飲み屋「富士屋本店」（現在はワインバーとして営業中）に「ハムキャベツ」というメニューがあった。

きざみキャベツの上にけっこういいハムのスライスが乗り、マヨネーズが添えられている。あれが大好きだった。

あっ、今気づいたが、それ、家でもある程度再現できるな。

もちろんスーパーでハムを買うこともあり、定番は信州ハムのグリーンマーク「発色剤・着色料・保存料・リン酸塩不使用」ハム。世の中のゆるふわ無添加志向のお仲間が買いささえている商品だ。

で、それを一度で使いきることはあまりなく、当然残りはしまうことになる。

ビニールのパッケージの開いたところをクリップでとめて、再密封をほどこすのだが、時間がたてばはじっこは乾燥しがちになる。それがいやだった。

そんなある日、ネットショップを見て回っている時、偶然目に入ったのが「ハムフレッシュキーパー」である。２０１８年秋の時点で２３７円。合計2千円以上お買い上げで送料無料。

30分ほど考えたのちに、以前ここで取り上げた「万力」1千８８０円と合わせ買いした。ちなみにその万力は、あいかわらずまだ一度も使っていない。

ではハム保存容器は使っているのかというと、ハム、スライスチーズ、シソの葉などたまに入れてみているが、トータルでまだ10回使っていない感じ。

妻は何も言わないが、「なに買ってんだ」という無言のオーラは感じる。

この一文を書いているのも、台所の保存容器コーナーをガサガサあさっていて、「あ……」と、久しぶりに存在に気づいたからなのだった。すみません。

さて、たまにはハムを買ってきてこれに入れてみよう。

この流れで作るのは当然「ハムキャベツ」であるが、ハムキャベツとなると一人一枚というわけにはいかず、すべて使いきってしまうな…。

ということで、ハム保存容器の出番はまた遠のいた。

見えるところに置いておいて、ハム率を高める工夫が必要かもしれない。

（ボンレスマンガ家）

34 アルマイト湯桶

台所で使う、ボウル。

うちにはステンレス製、大中小3個あり、直径２９３ミリの大の出番はあまりないが、中小は常時稼働している。

最近ふと気になったのが、「ボウルって、どこまで使っていいものなんだ？」ということ。

メインの使い方として、野菜を洗ったり、卵をといたり、ひき肉をこねたりするわけですよね。

それと同じ道具で「ふきん」を洗うのは、ありか、なしか。

私は今まで、特に深く考えることなく洗ってきた。さすがに雑巾は洗わないけど、台ふきん程度なら、ボウルを使って洗っても問題ないだろうと。

事実、問題は何もない。

ここでうちのふきん事情を書いておくと、無印良品の「落ちワタ混ふきん」を愛用している。もともと使っていたのは私だが、何事にも極端な妻が「もうぜんぶこれでいい」と、大規模に取り入れた。

台所、洗面所の手拭き、台拭き、食器拭きを、数十枚用意したこのふきんで統一し、寝る前にその日使った分を、ハンカチ、手ぬぐい、タオルなどと共に洗濯機でまとめ洗い。温風乾燥して除菌。

別に手洗い手しぼりでもすぐ乾くふきんなのに……、と思うのだが、そこはもう妻にまかせた。

だが、雑巾を洗うことはないと書いたが、ちょっと雑巾的に使うこともあるのが、台ふきんというものなのだった。

子供が床にこぼしたみそ汁。大人がこぼした酒。流しの前にちょっとたれた水滴。そういうものをサッと拭く。

日常的に「台ふきんで床を拭くことはよくある」わけである。

こまめに掃除する習慣が身についてきたためか、今まで気にしてなかったのに、「床を拭いたふきんを洗ったボウルで、餃子の中身をこねていいものか…」という迷いが生じた。

ダメな気がした。

そこで、ネットや実店舗で「台所用洗い桶」のリサーチを開始。

様々な素材のものがあり、どれもけっこうでかい。

却下し、他のジャンルを検討して目に留まったのが、風呂用の洗い桶だった。

「たらい」の小さいの、と思えば、手洗い洗濯にピッタリである。

ただ、銭湯にあるケロリンの黄色い湯桶なんかだと、かわいいけれど台所には似合わない。

注目したのはアルマイト製の湯桶である。鈍い金色のこれなら、鍋やおたまもあるし、台所との親和性は高そうだ。

「前川金属 昔なつかし アルマイト湯桶22cm」

840円。送料別。もちろん風呂場では使わず、台所専用とする。

昔なつかし、といっても、私は初めて見た製品である。実家に昔、銀色のアルミの、ボコボコの洗面器はあったけど。

これが、とてもかわいい。

ふきんも喜んでいるが、ボウルで水戻しされる切り干し大根やヒジキも、このすみ分けを喜んでニコニコしているような……。

そんなメルヘンな気持ちが湧いてくる、昭和ノスタルジー度の高い、いい金物である。

（自然乾燥萌えマンガ家）

35 七分袖Tシャツ

この連載で、冬に「パジャマ」をとりあげた時に、「七分袖Tシャツ」のことをディスった。

「まちがって買った七分袖」

「なんでこんな半端な袖のシャツを買ったのか」

などとひどいことを書いているが、反省している。年が変わって5月下旬の今、2枚ある七分袖Tシャツを毎日のようにヘビロテしているからだ。

寒くもなく暑くもないこの時期に、Tシャツの上に一枚着るものとして実にちょうどいい。調理関係のユニフォームに七分袖デザインが多いように、台所仕事にもばっちりだ。

一年の一時期、あまりにも空気のように着ているので、冬にはそのありがたみをすっかり忘れていた、ということか。アホだ。

「七分袖っていいものだなあ」と、しみじみ思うのは、自転車に乗っている時である。

気温22度から26度ぐらいの、まだリュックを背負っている背中もそれほど汗ばまない季節の自転車乗りの上衣として、七分袖Tシャツは最高だ。

軽くまくった二の腕に当たる風が実に気持ちよく、ずっとこの季節だといいのに、と思いながら、久しぶりに毎日のように自転車に乗っている。

袖の長い長袖Tシャツだと、まくった袖が若干モコモコして、軽快感に欠けるのだった。

このスポーティな気持ちよさには既視感があるな、としばし考えたら、思い当たることがあった。

剣道の道着だ。

私は中学と、高校の途中まで、剣道部だった。高校では不まじめで、途中でリタイヤしてしまったが、中学生の頃はけっこうまじめにやっていた。

あの道着の袖の長さに似ている。思い返せば、たしかに七分袖だった。あっちは籠手《こて》、こっちは自転車用のグローブという共通点もある…、かもしれない。

四十数年前の、心身がピチピチしていた頃の体の記憶恐るべし。

などなどと、七分袖Tシャツに土下座をしたいような気持ちで自転車に乗っていたら、ユニクロの店舗が目に入った。

おお、私が着回しているよれよれの2枚は、ユニクロで買ったものだ。新しいのを買い足してもいいんじゃないか。よし買おう。

……と思ったが、店内に七分袖Tシャツは見当たらない。

長袖Tシャツはある。あと、女性用の七分袖Tシャツはあった。

公式オンラインストアで確認してみると、男性用七分袖は、もう販売していないようだった。

「お前が悪口を書いたからだよ」

と、着ている七分袖に言われた気がした。さすがに私のせいではないと思うが、なんともいえず後味が悪い。

帰宅後、ネットで1枚、七分袖Tシャツを注文した。

気温が上がって、また七分袖への愛を忘れ「なんでこんなの買ったんだ?」などと言い出さないよう、さわやかな気候のうちに届くことを願うばかりだ。

今ある2枚を大事にしつつ、ユニクロのTシャツの動向は注視して、またいつか七分袖が売り出されたら、買い逃さないようにしようと思う。


（悪口反省マンガ家）

36

袖なしウインドブレーカー

何度も言うが、スギ、ヒノキ花粉が終わったあとの、梅雨前の季節の自転車はいい。

私の好きなサイクリングコースに、「東八道路」がある。工事中だった久我山あたりの、玉川上水沿いの区間が開通し、以前より交通量が多くなりそうなのが残念だが、広い歩道に自転車専用レーンがあり、けっこう気持ちよく走ることができる。

道路沿いにはＪＡＸＡがあったり野川公園があったり、ちょっと横道に入れば深大寺、調布飛行場などなど、私の好きなスポットがいっぱいなのだった。

最近も、土曜日の昼時に深大寺でそばを食べた。人気店は行列ができていたので、初めての店へ。

名物、と何枚も貼り紙があった「天もり」を注文したら、２分で出てきた。立ち食いそばか。

冷めていたり、のびていたりしたわけではないが、若干「作りたてじゃない感じ」はあり、苦笑しつつスマホの「メシ屋メモ」に店名と×を書き込んだ。

そんなことはどうでもいいのだが、この深大寺周辺や、野川公園、多磨霊園周辺など、樹木が生い茂るエリアを走っていると、いきなり空気がひんやりすることがある。

夏だとありがたいが、春のそれほど気温が上がらない日など、Tシャツや七分袖シャツだけでは少々腹が冷える感じになることがあるのだった。

木陰じゃなくても、太陽が急に隠れて風が強くなり、上空からさーっと冷たい空気がまざってくるような気温の変化はよくあり、対策は必要だ。

まだ寒さが残る季節には、長袖のウインドブレーカーを着て出たり、リュックに入れて出る。

軽量で、たたんで専用袋に入れると小さくなる、いわゆるパッカブルなやつ。ユニクロ、モンベルのものなどを愛用。

ベンチレーション性能がさすがな、モンベルの「ウインドブラスト パーカ」が一番お気に入りかもしれない。

暑い季節用には、同シリーズのベストを愛用している。袖がないのでそれこそ超コンパクトであり、たたむと手ぬぐいぐらいの存在感となる。

ポケットもあるが、一度スマホを入れたところ、腹の下にぶらんと吊り下がって邪魔だった。グローブなど軽いもの用だろう。

以前は「ポケットがたくさんある、作業用や釣り用ベストを自転車用に……」などと思ったこともあったが、今は「別に、物はリュックに入れればいいや」という考えにおちついた。

このベスト、冬季のランニングなどにもいいだろうと思われるスポーティさなのだが、街角で停まった時に建物のガラスに映った自分を見ると、やっぱり少々おじさんくさい、とは思う。

ベストのせいではない。

中身のおじさんである私とベストが化学反応を起こし、おじさんくささを錬成するのである。

そこはもうあきらめた。

ベストが収まったリュックを背負い、多磨霊園の先にある、朝の6時からやっているラーメン屋で朝ラーでも食おうかな、と午前9時ぐらいに走っている時が、今一番幸せだ。

（自転車麺マンガ家）

37 カエルの手

このところ毎月のように帰省しているのは、親の生活をフォローするためなのだが、そのかなりの部分を「自動車を運転すること」が占めている。

わざわざ高い新幹線代を払って、車に乗りに行っているような気持ちになることもある。

父は定年後に免許をとり、車に乗りはじめた。最初から高齢者マークだったので、帰省の際、私が運転する機会は年々増えてきた。

高速に乗る必要がある長距離運転などは、だいたいまかされた。

震災後の三陸沿岸も、親とともに何度か回った。父は昔、沿岸部で教師をしていたのだ。

東京ではめったに運転をしないので、おかげでペーパードライバーにならずにすんだともいえる。

父は昨年秋から闘病しており、すでに一年以上運転をしておらず、このまま免許の更新をしないまま、失効ということになるだろう。

もよりの警察に自主返納に行く体力気力はもうない、ということなのだが、私が代理で行って「運転経歴証明書」をもらっといたほうがいいのかどうかは、考え中。

というわけで、親も、特に母が「ドライブ」に飢えているのだった。母は免許を持っていない。なので、せっせと帰っては、買いものや、親戚や友人づきあいのお出かけ要望に「はいはいはい」と応えている。

90歳、100歳まで、ほっといてもぜんぜん平気なくらい、両親が心身ともにピンピンしていてほしい、というのが私の身勝手すぎる本音だったが、なかなかそうはいかないのが現実だ。

というか、元気だったら自主返納などしなかった可能性もあり、いい機会だったのかもしれない。

そんな感じで父の車は、とりあえず私と、宮城に住む妹の管轄となった。

最近、ようやく杖をついて車の後部座席に乗り込めるほどに復活した父（ずっと入院していて、もう帰宅をあきらめたこともあった）が、乗るときに窓を見て、

「……汚ね」

とつぶやいた。

ガソリンスタンドで窓を拭いてもらう程度だったので、窓もボディもホコリにまみれていた。

洗車もオレの仕事だなあ、と思い、別に実家のボロタオルで拭けばいいのに、ホームセンターに行っ

てみる。

即買いしたのが、「洗車グローブ　カエルの手」である。

同メーカーから「ゴリラの手」や「コアラの手」などという商品も出ており、私のような趣味のお父っつぁんたちが狙われている。

「ホコリ取りモップ　アルパカの首」といわれてもなぁ、とは思ったが。

カエルというよりは、マンガのブタのひづめのような形状。

さっそく右手にはめ、バケツに水をためて洗いはじめる。

特にひどい油汚れもなかったからか、マイクロファイバーの性能のおかげなのか、汚れは洗剤も使わずに簡単に落ちた。

ピカピカになった（気がする）車を見て、「あー、一人で県北とか沿岸とか県外に遠征して、通りすがりの古びたメシ屋に入ったりしたい……」というようなことを思った。


（軽ワゴンマンガ家）

38 おかゆスプーン

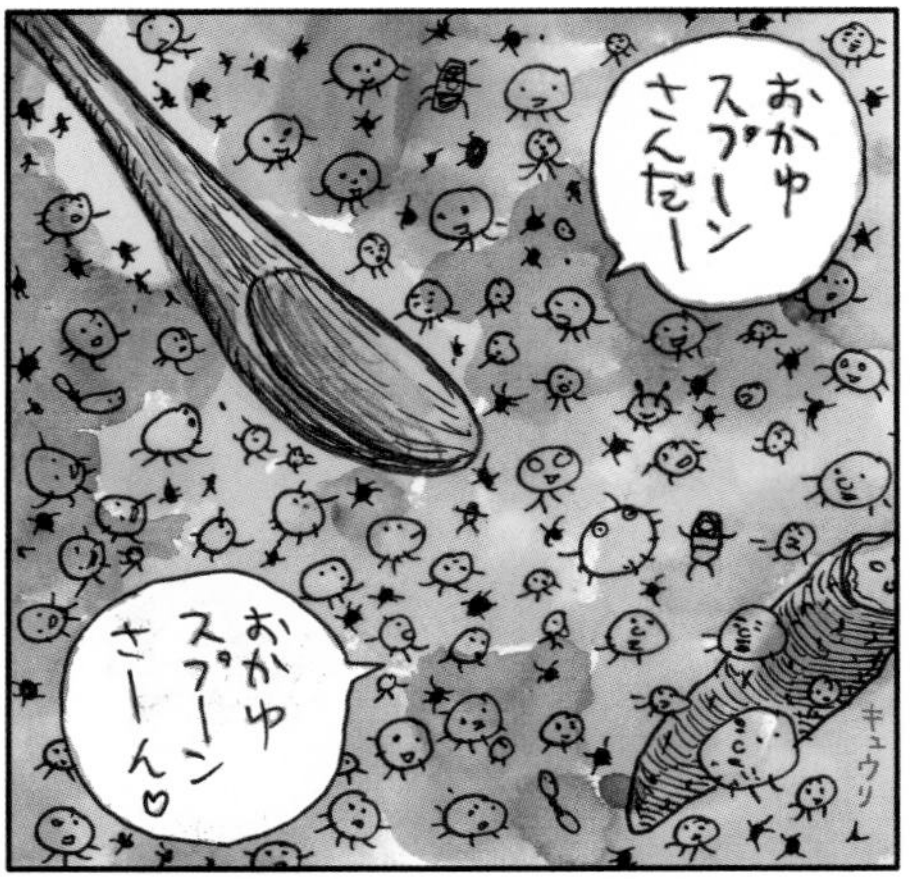

２０１９年５月から、数年ぶりにぬか漬けを漬けはじめた。

以前、一時期漬けていたのだが、ネコがうちに来たタイミングでやめた。ネコトイレの世話と、ぬかみそをかきまぜる作業とは、相容れない気がした。

また漬ける気になったのは、タケノコ用に買った米ぬかを使い切りたかったからだ。

血圧的に、気になるのは塩分だが、いい塩を使うことにした。

「ぬちまーす」

沖縄の海塩で、２５０グラムが１千円もする贅沢品である。パスタをゆでるためなどには絶対使えない。

カリウムの含有量がずば抜けて多く、ある程度の塩分排出効果が期待できるというしろものだ。

これと、リーズナブルな海塩を併用し、いちおうの高血圧対策とする。

ぬか漬けは一見たいへんそうだが、要は「塩と水をまぜた米ぬかの中で、野菜に付着している乳酸菌など細菌類や酵母を培養する」ということである。

買ってきた米ぬかに水と塩を入れる。塩の量はネットで調べてだいたいの量を入れたが、あとは自分で味をみて調整する。

大根の茎と皮を漬け込んで、3、4日毎日かき回したら、それらはとりだして捨てる。

この「捨て漬け」をもうしばらくやったほうがいいらしいのだが、私はこのへんでもうキュウリを漬けてしまう。

まだあまりおいしくないし、塩味も妙にとがっているけど、塩抜きしたりして食べる。

昆布や唐辛子など入れつつ、初期漬けを数日くりかえすと、どんどん酸味が出てきて「らしい」味になり、愛情も湧いてくる。

容器は、プラスチックのふた付きの、丸いホーロー容器。

キュウリ一本、無理して一本半ぐらいしか漬けられない大きさだが、三人家族が毎日漬けて食べるにはちょうどいいのだった。

梅雨入りした現在の時点で、ちょっとすっぱすぎる感じになってきたので、粉辛子を入れたり塩を増やしたりして様子見。

もっと暑くなったら冷蔵庫に避難させるかもしれないが、今のところ常温で。小さい容器なのでスプーンでかき回している。

これは昔からで、初めてのぬか漬けの時、妻の伊藤に、

「え、スプーン？　ちゃんと漬かるの？　まずそう」

というようなことを言われた。

手でかきまぜることによるなんらかの効果はあるのかもしれないが、素手で絶対さわらないようにしているわけでもなし、いいじゃんと、今日もスプーンで。

金属製だとホーローが傷つきそうだな、と思って導入したのが、木製の「おかゆスプーン」である。

天然木うるし塗装、税込み３２１円。

横に木製のレンゲもあったが、やや厚い形状がかきまぜづらそうで、スリムなおかゆスプーンのほうがよさげに見えた。

結果、大当たり。容器へのあたりがよく、実にまぜやすい。まるでぬかみそ用に作られたスプーンのようだ。

おかゆスプーンがまさに「所を得た」わけであり、本来の用途じゃない目的の買いものが成功した時の（だいたい失敗する）うれしさを味わえた。


（菌活マンガ家）

39

フッ素樹脂加工フライパン

以前、鉄製の26センチフライパンについて書いた（既刊『ごめん買っちゃった』P.151参照）。

「フッ素樹脂加工にもお世話になってきたが、今後つれそうのはやっぱり鉄のフライパン」などと書いてある。

成功した部類の買いものといってよく、肉料理など、今もがんばっていろいろ焼いている。

ひっついてしまったときは、ステンレスのターナーが威力発揮。

餃子も、ターナーでなんとか皮を破らずに皿にとれる感じ。

ただ、形に不満がある。

側面の傾斜がなだらかで、つまり、底の平面部分がせまく、餃子を一度にたくさん焼けない。平面の直径14センチ。同サイズなら普通は19センチぐらいある。

これは誤算だった。オムレツなどに向いている形状なのだろう。

そうこうしているうちに、ネットのレシピでこういう記述を見つけてしまった。

「おいしい〈焦げ〉が、フッ素樹脂加工なら餃子といっしょにとれるが、鉄製だとフライパンにくっついて残る」と。

いわゆる「餃子の羽根」的な、あのパリパリのことか！

いわれてみればそうかもしれない。鉄フライパンで焼いた時は損をしていたのかもしれない。

……買うか、餃子のために。

脳内で何かがプツッと切れ、ホームセンターやネットでフッ素樹脂加工フライパンを探しはじめる自分がいた。

スーパーで１千円前後のものを買うか、３千円前後でそれなりに高品質と思われるものを買って、買い替え時期の先延ばしを期待するか。ここは後者だろう。

そして国内にすぐれたメーカーがあるんだから、やっぱり国産を選びたい。

あまりスーパーなどで見かけない「ウルシヤマ金属　リョーガ」26センチを購入。２千９１６円、送料別。

厚底アルミ鋳物製で、外面はダイヤモンド粒子配合、内面はテフロン加工。リョーガは「凌駕」という意味だろうか。日本人の「難しい漢字好き」のＤＮＡは私も持っており、カッコいいと思った。

届いてすぐ、鉄のフライパンから目をそらすようにして、さっそく餃子を焼いてみる。

それはもう、申し訳ないほどうまく焼けた。

その他にもいろいろ試し、薄切り肉の焼き肉や卵料理もひっつかなくて快適なので、これは鉄の出番は減るかな…と思った。

チャーハンぐらいは鉄の炒め鍋で、強火でがんがん炒めないと！　という思いもなくはないが、フッ素のほうで、中弱火でじりじり炒め焼いたチャーハンも普通においしいのだった。

だが、根がケチなのか臆病なのか、使うたびにどんどんフッ素樹脂加工が衰えていくような想像をしてしまい、どうも調理が楽しくない。

フッ素大事のあまり、妻にフライパンを洗わせない、という態度もいかがなものか。

鉄のフライパンの「ある程度乱暴にあつかってくれてＯＫ！」な使い勝手はやはりすばらしい。

なのでフッ素のほうは基本、餃子用として、メインはやはり鉄。

なまけがちだった「油返し」を小まめにするなどして、また積極的に使うようになった。


（妻不信マンガ家）

40 『宝島』(アニメ)

『宝島　ＣＯＭＰＬＥＴＥ　ＤＶＤ　ＢＯＯＫ』(ぴあ)ｖｏｌ．１、ｖｏｌ．２を買った。

これを書いている段階では発売前の、最終巻ｖｏｌ．３ももちろん買うつもりだ。

9話入りで一巻1千５０１円。タダみたいな値段である。

放送開始は１９７８年10月。私は中学3年の受験生だったが、毎週日曜18時半、茶の間で、親の目などまったく気にせず見ていた。

人生で一番アニメが好きだった時期だが、録画機などまだ家にはなかった。

つまり放送時間になるとテレビの前に必ずいて、全身全霊で視聴する必要があった。

『宝島』はカッコよかった。本当にカッコよかった。

原作本を持っていて、愛読書だったが、「カッコよさ」というよりは、「勇敢なカタギの人たちvs.凶暴な海賊たち」の、ドキドキハラハラな冒険ものとして読んでいた。

海賊ジョン・シルバーはおもしろいキャラだが、カッコいいという感じではなかった。

出《で》崎《ざき》統《おさむ》監督は、そのジョン・シルバーを磨き上げた。

こう生きたいと思ってしまうような、魅力的なキャラクターに仕立てた。

最終回を見終えた私は、しばらくボーッとしていたのではなかったか。カッコよすぎて。

そんな記憶がある。

だが、その後『宝島』を見ることはなく、40年が過ぎた。

見たいもの、買いたいものは、毎年次々と生まれてくるのだった。

今、ようやく所有し、再見するチャンスがきた。

っていうか、安く買わせてもらってすみません！

これは、家族で見たい。

妻の伊藤は未見だというし、女子キャラが好きな小4も、これを見たら大人の男のカッコよさに目覚めるのではないか。

目覚めなくてもいいのだが。

うちは今のところ、平日はテレビ禁止。金土日と祝前日に解禁となる。

その時に、いっしょに2話か3話くらいずつ見よう。大人はとうぜんラム酒……は飲み慣れてないので、ワインでも飲みながらだ。楽しいぞ〜、うふふふ。

と、提案したら、拒否された。

レンタルの、昔の『プリキュア』なら見るけど、とりあえず「今の番組」の録画で、見たいものが山ほどある、というのだった。

今の『プリキュア』、バラエティ番組、Eテレの小学生向け番組（の、勉強じゃないやつ）、ティーン向け海外ドラマなどなど、たしかに忙しそうだ。

しかも原作をちょっと知っていて、「海賊こわい」という気持ちもあるようなのだった。

というわけで、一人で見てもいいのだが、家族で見るというプランが捨てきれず、いつか機会がくるかも……と思って、なかなか視聴に踏みきれない。

　このまま「買ったけど見てないコーナー」の常連になってしまったらどうしよう。


（肩に鳥乗せ好きマンガ家）

買いもの その後

vol.1を一人で見て、とてもなつかしかったが、そこで止まっている。

41

柿の葉茶

麦茶がおいしい季節だ。

ペットボトルの水やお茶類を購入することも普通になってきたが、いうまでもなく経済的なのは、茶葉やパックを買って、水道水でいれることである。

特に麦茶。

たとえばスーパーで「１リットル用ティーバッグ、54パック入り」が、税込み１５９円。

ありがたい、とはこのことだ。

多少手間でも、毎日作って、冷蔵庫に常備している。

そして麦茶用に、ホーローのポットを買った。

「野田ホーロー　ポトル」

小型ケトルで、卓上でポットとしても使える。

ネット購入で４千円ぐらい。毎日使っているからけっして高くはなかった。……と思う。

容量は１・５リットル。１リットル強の麦茶を作るのにちょうどいい。

これに入れっぱなしで、冷やさない麦茶を一日飲んでることもあるので、買ったのである。

はじめは昔から使ってるやかんでやっていたが、ふさがってると困ることもあるので。

１リットル沸かす必要はなく、２００ccぐらいのお湯にパックを入れ、10分ほど置いたら水を足す、というやり方。

冷やす場合は、粗熱がとれてから冷水ポットに入れて冷蔵庫へ。

子供もステンレスボトルに入れて学校に持っていっている。

そんなありがたい麦茶パックの減りが、近ごろ悪くなっているのは、私のせいだ。

何かの本で「柿の葉茶が高血圧予防、改善」みたいな一文を目にしてしまったのである。

あまたある「酢ナントカ」系のムックなどを読んで思うのは、

「一品だけとりあげがちだけど、あらゆる植物性食品には、病気の予防、改善につながる栄養があるってことじゃないの？」

ということである。

つまり、それらを主にした、継続できる食生活こそが大事ということ。魔法の食品はない。

それをわかっていながら「国産無農薬　柿の葉茶３グラム×40パック」１千５００円ぐらいを、３袋も、ついポチってしまった。

急須でいれて飲みはじめた。ノンカフェインでビタミンCが多いらしく、味は飲みやすいほう。

だが、続かない。

当たり前だが劇的に体調が変わるわけでもなく、続けることを忘れてしまう。

これは、使いきれないまま期限切れになる可能性大。

冷茶にして家族にも手伝ってもらえと思ったが、そのままの味だとあまり飲んでくれない。

そこで、麦茶の手順でいれるときに、不織布のお茶パックに少量入れたほうじ茶で、味を補うことにした。

いわゆる「茶」のうまさはやはり圧倒的で、柿の葉茶の多少あるクセを隠してくれた。うまい。

子供は、ベースが柿の葉茶だということをまったく知らないまま、学校に持っていっている。

柿の葉茶は残り一袋、40パックを切った。

もうすぐ麦茶生活に戻れるな……、と思う。


（茶腹マンガ家）

買いもの その後

柿の葉茶はなんとか飲みきったが、今度は「岩手県衣川《ころもがわ》特産はとむぎ茶」を買ってしまい、また麦茶の減りが遅くなっている。

42

豆乳かき氷器

豆乳を買う時は、無調整のものを買っている。料理に使えるし、飲んでもけっこううまいと思うからだ。

分類としては、原材料が大豆だけなのが「無調整豆乳」、軽く甘味をつけて飲みやすくしたのが「調整豆乳」、甘味と、果汁やコーヒーなどを加えたのが「豆乳飲料」ということになるようだ。

酎ハイやレモンサワーでも甘味料入りがあまり好きではないので、豆乳もほぼ無調整しかチョイスしてこなかったわけだが、遅ればせながら、「豆乳飲料を凍らせるとアイスとしておいしい」という情報を得た。ほう！

うちでは夏になると、妻がバナナに割り箸を刺して凍らせて、アイスがわりに子に与えている。もちろんハーゲンダッツ、パピコ、ジャイアントコーンなど、普通のアイスを買うこともある。

そのローテーションに、豆乳アイスを組み込むのはいいアイデアではないか。

ローカロリーだし、なんといっても大豆である。メーカーのラインナップを見ると「はしゃいでいるのか？」と思えるほど、様々なフレーバーのものが出ている。これは楽しめそうだ。

それに付随して、タカラトミーアーツから、豆乳アイスを使ってかき氷を作れる「スノーデザート 雪花」新発売というニュース。

これは、買わないわけにはいかないだろう！

性急にネットで税込み３千６３９円で購入したが、後日スーパーにどかっと並んでいるのを見たら、３千２０７円だった……。

豆乳飲料も数種類買い込み、凍らせた。かき氷器が届く前に娘といっしょに試食してみようと、冷凍庫から出す。

……豆乳、ガッチガチ。

もっと、すぐシャリシャリと崩れるような凍り方を想像していた。むりやり紙箱から出してみたが、氷である。氷のかたまりだ。

スプーンで削りながら食べはじめた。冷たくてこめかみがキーンとなる。味は桃を選んだのだが、まあまあおいしいと感じる。

調べると、「しばらく置いて、ある程度解凍してから手でもんだりして食べる」らしい。

すぐ食えないのか……。

後日「雪花」が届いたので、さっそく使ってみた。黄色と黒のプラスチックボディ。涼しげな白と青、とかじゃないんだ。

うむ、すぐにかき氷になる。これはかき氷だ。

だが、食後だったためもあるのか、娘は「…おなかいっぱい」と、半分以上豆乳かき氷を残して、戦列を離れた。

私は氷を入れた酎ハイを飲んでいたのだが、そのつまみとしてかき氷はあんまりだ。

なんとか食べきったが、腹が底の底まで冷えた。

梅雨寒が長引き、これを書いている時点で、使ったのはその一回だけ。

夏本番になれば、また出番は来るだろうけど、このダイエッター向けっぽい「薄甘さ」は、冷凍バナナや本物のアイスと並んだ時に、どうなんだろうか。

とりあえず、暑すぎない程度に普通に暑い夏の到来が待たれる。


（胃冷えマンガ家）

買いもの その後

豆乳を凍らせておやつにすることは、今後も年に二、三回ぐらいやるかもしれないが、この道具はもう使わないような気がしている。

43 炭酸水メーカー

いただき物の国産無農薬レモンが十数個、うちにあった。

私は、レモンという食材にあまり愛がない人生を歩んできた。

酸味と香りはきらいじゃないし、フライなどに添える存在価値も認めるが、「そろそろレモンの季節だな、食いてー」みたいな気持ちになったことは一度もない。国産だと、冬から春にかけてが旬というのも知らなかった。

料理に使うという発想もあまりなく、妻が皮ごとぶつ切りにしてプレーンヨーグルトをかけて食べる程度で（ストイックすぎると思った）、レモンの減りは遅い。

食材を使い切れず処分するのはいやなので、どうすれば消費できるか考え、5分ほどでポンと手を打った。

レモンサワーだ！

うちで買う酒は、ここ数年、ほとんどワインか日本酒。

家飲みだと発泡系の酒はそれほどいらないのだが、外で飲む酎ハイやハイボールは大好きだ。

それだ。生レモンサワーを家で作ろう。

さっそく宝やキンミヤの甲類焼酎を買ってきて、「生活クラブ」で妻が通年箱買いしている、２００ミリリットル入りの無糖炭酸水と氷とレモンを入れて飲んだ。

とてもおいしい。

が、日頃それほど炭酸水を飲まない私も（休肝日にちょっと飲むくらい）、一日3缶ほど空けるようになったため、大量の空き缶が出るようになり、買い置きもすぐ底をついた。

スーパーでペットボトルの無糖炭酸水を買いはじめると、当然空きペットボトルが増殖した。

リサイクルするとはいえ、この大量の資源ごみはいやだな……。

レモンはもう2、3個しか残っていないのに、永遠にレモンサワーを飲むような気持ちになってしまっていた私は、「炭酸水メーカー」について調べはじめた。

検討終了。

「ソーダストリーム」の一番安いタイプを買ってみることにした。８千５９５円。

公式サイトの通販でもよかったが、行きつけの家電量販店で取り扱っていて、ボンベを使い切ったら交換購入できるというので、そこで買った。

１リットルの専用ボトルがついていたが、より使い勝手がいいと評判の５００ミリリットルボトルの

2本セットを追加で買う。2千160円。

高ぇなあ。ちゃんと元とれるかな、これ、という不安がよぎる。

さっそく使ってみる。置き場所に少々困ったものの、資源ごみが出ないのはすがすがしい。

使い方のコツもすぐわかった。500ミリリットルの冷水に3、4回、プシュッと二酸化炭素を注入して、強めの炭酸にするのが好み。

が、これを書いている梅雨明け前、異常気象といわれるほどの低気温、日照不足が続いていて、なんだか酎ハイ系は冷えるな、ということになり、またワインや日本酒が増えてきた。

暑くなればまた作りはじめるだろうけど、涼しい、寒い季節にはあまり出番がないんじゃないの、という気もしてきた。

前回のかき氷器に続いて、冷たい物系は本当に天候に左右されますね……、と思っているところ。

（腸冷えマンガ家）

買いもの その後

夏のレモンサワーブームが過ぎ去ったあとも、妻が「とりあえず酒飲む時は炭酸水をチェイサーにしよう」と言い、けっこう消費できていてホッとしている。

BAG

おまけマンガ③

5%還元とかポイントとか細かい「お得感」がイラつくんだよ
「なんとかペイ」のたぐいはよ!
でしたら「しょんぼりペイ」はいかがですか?
しょんぼりPay
あなたは買いものちゃん
ポイントも還元も一切ないただスマホで決済するだけのサービスです
むう…
しかも自動引き落とし不可で毎月印鑑と通帳を持って銀行にいく必要が…
しょんぼりすぎる!
アプリ

44

中古自転車

帰省。

母親が、「急ぐわけではないが、物置でホコリをかぶっている電動アシスト自転車と子供自転車を処分したい」という。

電アシ（と略す）は、10年ぐらい前に母が買ったもの。趣味でウォーキングをやっているため歩いてばかりいて、あまり乗らなかったらしい。なぜ買ったんだ。

子供自転車は「孫、遊びに来るでしょ」と、ご近所からもらったという幼児用の小さいもの。

姪もうちの子も、ほとんど乗らないうちにあっという間に大きくなり、乗れなくなってしまった。

電アシを買った、長年なじみの自転車店にたのめば、持っていってくれるはずという。

母と外出した際、その自転車店に寄ってみることにした。

私が中学〜高校生の頃に乗っていた自転車もここで買ったものであり、数十年ぶりにご主人にあいさつした。

回収は快諾してもらったが、新車を買ったわけでもないのに申し訳ないな……、と思う私の視界に、くすんだ佇まいの折りたたみ自転車が目に入った。

店先に何台か並べてある、中古車の中の一台。

「これ、売ってるんですか？」と口に出した時には、すでに購入を決めていた気がする。

試乗させてもらったところ、古びた見た目なりの乗り味だったが、こりゃあかん、というほどでもないので買うことにした。

７千５００円の値札がついていたが、防犯登録料込みで７千円にしてくれた。

フレームに「ＣＨＥＶＲＯＬＥＴ」の文字。シボレーか。いわゆる外車ブランド自転車というやつですね。キャラ商品みたいな。

新車を買おうと真剣に悩む時には、こういってはなんだがあまり候補にあがらないタイプのものだが、まあいい。

タイヤは16インチ。６段変速。放置して錆びまくった状態のものをレストアしたらしく、黒く再塗装されたハンドルまわりも、サビサビの手ざわりを残している。

ネットで調べても「これだ」という車種は出てこなかったが、18インチの同タイプが２万８千円ぐらいで売られていた。

帰省した時、自転車に乗りたいなーと、ずっと思っていた。

車で走ってても気持ちいいんですよ、故郷の、広大な田園の中に散居が点在する、胆沢《いさわ》扇状地。

その広い土地を走るためには、東京で乗ってるような、タイヤがやや太いクロスバイクが一番だと思うのだが、その手の新車を買って、実家に置いて、さて何度乗るんだろうと考えはじめると、購入意欲はそこでストップしてしまうのだった。

そこに今回の、フリマでレトロだけど骨董的価値はない皿でも買うような、気楽な中古車買い。

自転車として、このまま終わるかもしれなかったこいつに、最後のおつとめをさせてやれる、みたいな気持ちにもなって、悪くない買いものをしたような気がする。

変速など確認しつつ、青々とした水田の間を走ってみる。

小学生の頃、カブトムシをとりに行くためにこの道を通ったな、と思った。


（立ちこぎマンガ家）

買いもの その後

一度早朝に市街地を走り回っていた時に、車で出勤中の同級生に目撃され、なつかしがられた。

45 アンギラス（食玩）

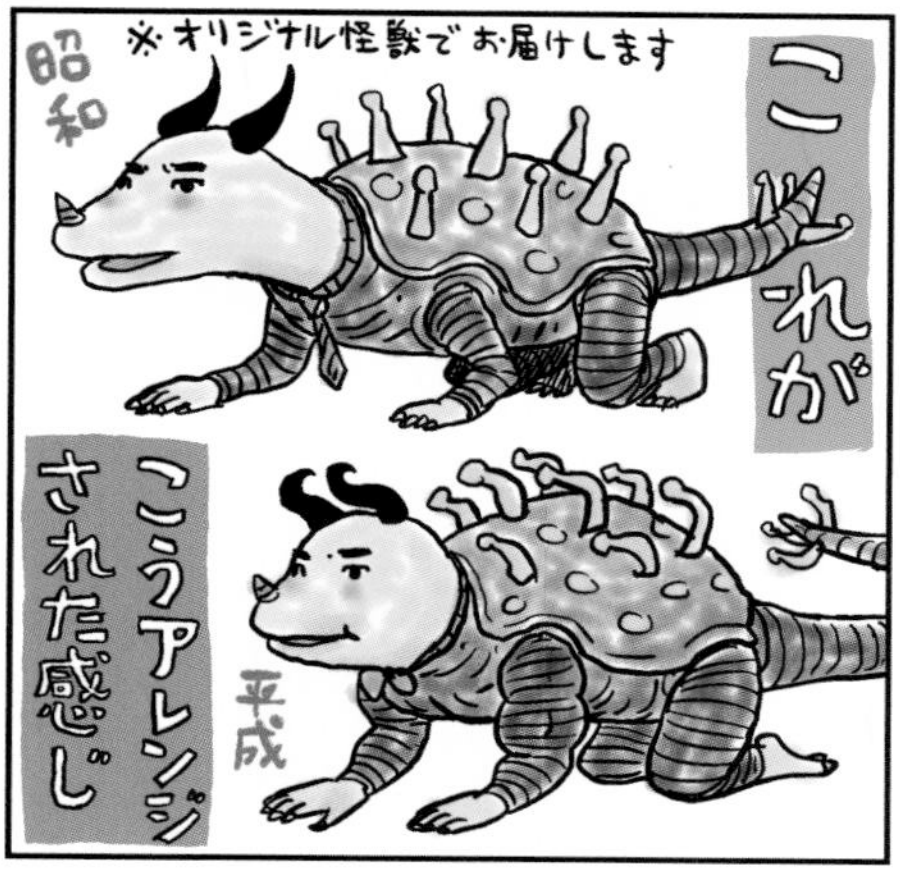

娘はこれを書いている時点で小学4年生。

お母さんたちの間で「進学どうするの？」という話題が当たり前に交わされる年頃だ。

いろいろ情報が入ってくる妻は、あせってそれなりに考え、進学塾というジャンルではないようなのだが、週一で、娘を何か勉強する教室に通わせはじめた。

だいたいおわかりと思うが、私は基本、「丸投げ」だ。

ふだんは土曜か日曜がその「教室」の日で、電車に乗って都心のほうに行き、2時間半ほど勉強して帰ってくる。

送り迎えは、最初は妻がすべてやっていたが、そのうち「送りだけでいいから、たのむ」という日が増えてきた。

迎えは妻が行くので、娘を送り届けたあとあちこち歩きまわり、土日だと罪悪感も少ないため、下町のほうで昼から一杯やったりする遊びを組み込んだりした。

しかし、夏休み。

教室は平日開講となり、しかも、仕事が立て込んでいる妻に初めて「送り迎えを、両方ともお願いしたい」と、たのまれた。

学生が夏休みとはいえ、出勤の人々で混んでいるバスと電車を乗り継ぎ、すでに暑い朝9時近く、ふうふう言いながら送り届ける。

いつものくせで「今日はどこに行こうかナ♪」などと歩きはじめたのだが、「あっ、今日はそういう自由はないんだ……」ということに気づいてしょんぼり。

東京駅まで歩き、大丸デパートや八重洲地下街の冷房で、汗だくの体を冷却する。

電車で教室の最寄り駅に戻り、時間調整のため書店に入った。

涼ませてもらいつつ、読みたい本や雑誌があったら買おう……。

と、思った瞬間目に入ったのが、レジ横の食玩コーナーである。

ドラゴンボールやガンダムの食玩がメインだが、一個だけ、東宝怪獣の食玩があった。

アンギラスだ！

『ゴジラの逆襲』（１９５５年）でデビューし、『怪獣総進撃』（１９６８年）など昭和ゴジラに何度も登場している、好きな怪獣だ。

「涼ませてもらい料」として、すかさず購入。５４０円。

教室が終わった娘に報告すると、怪獣になど興味がないくせに「ずるい」と言われた。

帰宅して、箱からとり出して、胴体にしっぽをはめこむ。彩色、造形ともによくできているのだが、なんか顔かたちがちがうな…、と思い、箱をよく読んでみたら、私が慣れ親しんだ昭和アンギラスではなく、『ゴジラ　ＦＩＮＡＬ　ＷＡＲＳ』（２００４年）のアンギラスであった。

きらいではないが、どこかヤケクソのような、お祭り怪獣バトル映画だったと記憶する。

やや喜びを減らしつつ、まあいいかと、ネットではどうなってるのか調べたら…。

なんと３千円というプレミア価格がついていた。

ごめん、「２００４年版かよ」などと毒づいてごめん！

アンギラスを抱きしめ、なでさすり、そーっとガシャポンでゲットした『ゴジラ　キング・オブ・モンスターズ』（２０１９年）のゴジラの横に飾った私です。

（四つんばい怪獣大好きマンガ家）

買いもの その後

平日朝の満員電車はいやだけど、土日祝休みが多い、都心の立ち食いそば屋に行けるのは大きな喜び。

46 ブラックホイル

太陽光発電や、太陽熱温水器の導入は見合わせているのだが、もっとちんまりした方法で真夏の太陽熱を利用できないかと、毎年ぼんやり考えている。

卵を調理できるかどうか、試してみることにした。

固ゆではムリにしても、温泉卵ぐらいならいけるのではないか。

ネットで何かを参考にすることもせず、思いつきでGO。

今では持っていないお宅も多いと思う、ガス火の上で使う魚焼き網を出し、その黒い受け皿部分をひっくりかえして、庭先の日当たりのいいコンクリート上に設置。

その上にアルミホイルでくるんだ卵を置いた。

午前11時の気温は、日陰でだいたい35度。

しばらくすると、焼き網の鉄板部分は58度になった（調理用の棒温度計を使用）。

これはイケる、と思った。

12時半、鉄板は59度ぐらいを保っているが、ちょっと不安になってきたので、卵を回収した。

持つとけっこう熱々になっている。やさしく割ってみる。

ぜんぜん生。

温泉卵は70度の湯で20~30分加熱するとできるのだが、昼の12時半に59度の鉄板は、あと１、２時間太陽にさらしても、70度にはならないだろうな……、と思えた。

卵は焼いて食べた。

「そういえば、黒いアルミホイルというのがあった気がするな」と思い、探しに出たが、スーパー数軒には皆無。

ダイソーにあった。

「ブラックホイル」25センチ×３メートル。税込み１０８円。

「外側の黒印刷による熱吸収効果で（イモなどが）素早くこんがり焼ける！」らしい。

後日、昼12時。焼き網の鉄板の上にブラックホイルで包んだ卵を置き、さらにガラスのコップをかぶせた。温室効果を高めようというもくろみだ。

これは、固ゆでぐらいになってしまうかもしれないな、と思った。

気温はだいたい34度。鉄板の上は、60度まで上がった。

コップ内部は余裕で70度以上いっているにちがいない。

13時半、回収。

結論を言おう。

ぜんぜん生。

コップ効果で前回より温度が上がったせいなのか、卵黄に張りがなくなり、だらーんとなっていた。

よ〜く加熱して食べた。

翌日、ふだん使っていない黒い鋳物ホーロー鍋を出し、水を入れて鉄板の上に置いてみた。

鍋が60度になればお湯もそのくらいには…、と思ったのだが、水温は41度にしかならなかった。

つまり、気温35度程度では、私のやり方で卵は調理できない。

できるようになった時は、気温的に日本そうとうヤバい、ということか。

お湯に手をつっこんだら、真夏の「手湯」としてとても気持ちよかったが、実際に風呂の湯に使うには何往復しなければならないのか。

自由研究終了。おもしろかったが、達成感はなく、市販の「ソーラークッカー」系を調べはじめる自分がいた。


（熱射マンガ家）

47 ミニなめ茸

今回は、お盆に行った妻の故郷での買いもの紀行です。長野県富士見町の「エーコープ」周辺は、妻実家のショッピング定番スポットだ。

今回も、親戚一同車に乗ってゾロゾロと向かった。

ひとつ、買いたいものがあった。

替えのTシャツを一枚だけ持って行ったのだが（少なすぎた。いろいろ油断した）、特急あずさの冷房が寒くて風邪をひきそうになったため、帰り用に何か重ね着するものを買う必要にせまられたのだ。

となりに「しまむら」があるので、長袖Tシャツでも買おう。

映画『ワイルド・スピード／スーパーコンボ』とのコラボTシャツなど何種類かあったが、無地のグレーのものを買う。980円。

「抗菌防臭効果が持続」と書かれていて、明日も汗臭くなりそうな自分にピッタリだ。

「スタイリッシュ」とも書いてあるが、それはどうでもいい。

次に、食材や酒を買いこみ中の妻に命じられ、小４（娘）と小２（姪）のために折り紙を探すことになった。コープの文具コーナーには置いていない。

隣接する「今井書店」に、もしかしたらあるかもと思ったが、文具は扱っていなかった。

さらに隣接する「ＪＡファームふじみ」に行ってみる。

品ぞろえは故郷・岩手のホームセンターとそう変わりないが、「おっ、信州」と思ったのが、そば打ち道具コーナー。

木鉢、のし棒、そば切り包丁などいろいろ並んでいて、惚れ惚れする。買わないけど。

地元のニーズもあるのかもしれないが、この辺は別荘地でもあるので、浮かれた別荘民がつい買ってしまうのかもしれないな、と推察した。

が、文具コーナーに折り紙はなく、けっきょく帰りに寄った近くの１００円ショップでゲット。

翌日。

いつも行く原村（富士見町に隣接）の産直「たてしな自由農園」へ。

『忍風！　肉とめし』（全３集、発売中）の資料として、イノシシ肉、シカ肉、クマ肉味つけや、冷凍ウサギ肉を買った店だ。

「何か肉ネタないか？」と探す必要がない今、さて何を買おうか。

むっ。

「ミニなめ茸」

一食分が個別包装されていて、５個入りで税抜き１６０円。

個別包装のなめ茸など、今まで見たことがない。

信州人の「どこにでもなめ茸を持っていきたい！」という情熱すげえな、と思ったが、大箱には「学校、病院、自衛隊など、大規模給食でも実績」と書いてあり、なるほどそっち系か。

開けてみると、妙にウキウキした気分になり、たしかに給食のような楽しさがある。

夏の自分みやげ、成功といっていいだろう。

帰りのあずさもブレることなくしっかり過剰冷房で、着こんだ長袖Ｔシャツがたのもしい。

寒さに震えている半袖おやじグループを横目で見ながら、「……勝ち」と思った。


（妻の命令従いマンガ家）

48 メスティン

前々回の「ブラックホイル」に続いて、夏休みおとな自由研究第二弾です。

真夏の直射日光のもと、黒い鉄板上で黒いアルミホイルに包んだ生卵が「温泉卵」になるか試してみたが、ぜんぜん生のままだったり、黒い鍋に入れた水を2時間ほど日光に当てたが、水温41度にしかならなかったり…。

というのが第一弾の結果。

今回は、妻の伊藤が買って、以前たまに使っていた「中華蒸し鍋セット」のステンレス浅型両手中華鍋を、反射鏡として利用してみることにする。

直径37センチ。磨けばちょっとした鏡がわりになりそうだ。水と重曹でこすって、こびりついていた汚れを落とす。

残暑の日差しが戻った8月29日。気温だいたい33度。

黒い魚焼き網の鉄板を、日の当たるコンクリート上に置き、中華鍋を置く。

その中に七輪用の「高さ調整台」を置き、丸い焼き網を乗せる。

そして、今回の主役が「メスティン」だ。ソロキャンパーなどを中心に人気の、スウェーデン・トランギア社のアルミ製「飯盒《はんごう》」である。

スウェーデン人はご飯を炊くということにはあまり使わないだろうが、食器兼用クッカーの世界的名品だという。

数年前に、カッコいいので登山用品店でとりあえず買ったはいいが、家で一度使っただけでしまいこんでいたものだ。

お値段は、公式サイトで税抜き1千６００円。品薄でプレミア価格がついたりもしているようです。

それに水道水（水温27度）を入れ、ふたをし、ブラックホイルで全体をくるみ、網の上へ。

真上からの光だけではなく、鏡面状の中華鍋に反射した光も、メスティンの底に当てようというもくろみだ。

今回は慎重に、いきなり生卵をゆでようなどと思わず、とりあえず水温が何度になるか試そう。

午前11時開始。

順調に日が照り続けるかと思ったが、12時半、くもる。

うがー、このやろう、雲！　などと空をののしりつつ、しょうがないのでメスティン回収。棒温度計で水温を測る。

おお、49度!!

惜しいッ。雲さえ出なければ、真昼の日差しパワーで、あと30分ほどで50度の大台に乗せられた気がする。

生卵が温泉卵になる70度まで上がるのは、うーん、ちょっとムリかもなー、とは思うのだが、凹面鏡にそれなりの効果はあったということだ。

メスティンの中の湯は、台所のガス火で沸騰させ、そうめん50グラムをゆでて食べた。

メスティンは、昔の「どか弁」に取っ手がついたような形をしているのだが、この取っ手の使い勝手がいい。

ザルで水洗いしたそうめんをメスティンに戻し、しょうゆ、マヨネーズ、ワサビなどを入れて、直接食べる。

洗い物を極力増やさないのが野外料理ってもんさ……、などと考えながら、エアコンの効いた屋内でそうめんをすすった。

(研究熱心マンガ家)

49

帰省の運賃

帰省するときは、東京駅から水沢江刺駅まで、東北新幹線に乗る。

JR東日本の予約サービス「えきねっと」で、指定席券をとるのがだいたいのパターンだ。

「やまびこ」、指定席券・乗車券。

1万2千８４０円。

「速さ料金」が加算された「はやぶさ」の同区間料金。

1万3千２５０円。

はっきりと、なかなか高い。早期購入割引のキップが買えればラッキーだが。

最近、6時4分東京発の「やまびこ」に乗った。

始発なら自由席で大丈夫だろうと、指定はとらなかった。

1万2千５２０円。

座席指定代３２０円か。もっと差があるかと思ってた。

朝飯用に小さめの駅弁（７８０円）を購入して自由席に座る。楽勝。土曜日なので出張の人も少ないのだろう、ガラガラだ。

そして気づいた。

さっき駅で入ったトイレに、駅弁忘れた。

レジ袋の手提げを個室上部の棚に置き、それを完全に忘れた。早起きして寝ボケていたか…。

悔しいというより、そんなところに置き去りにされた駅弁の姿を思うとつらい。

誰か食ってくれ。（ムリか）

2日後、東京に戻る日。「運賃の研究」でもしようと思い、突発的に東北本線上り列車で帰ることにした。

11時11分水沢駅発、一ノ関行きに乗る。

ロングシートはそこそこ人が座っていて、その頭越しに車窓を楽しむには限界があった。かといって、運転席の右うしろに立って、視界をガッチリ確保するような「乗り鉄」的情熱はない。

一ノ関駅の次は、小牛田《こごた》駅で乗りかえる。「青春18きっぷ」利用の旅人が、地元のじいさんと話していたりして、それなりにおもしろい。

仙台着。まだ行けるな。

福島行きに乗りかえる。白石通過。「白石温麺《うーめん》」はたまに買うのだが、白石を訪れたことはない。そういう土地、多いなあと思う。

学生っぽい女子３人組の会話と哄笑を聞くともなしに聞いていたら、福島に着いた。15時27分。

この先も在来線で行くと帰宅は23時を過ぎるので、新幹線自由席に乗り、自宅に帰った。

運賃、トータルで、けっこう安くなったのではないか。

水沢〜仙台、１千９４０円。仙台〜福島、１千３２０円。福島〜東京の新幹線自由席特急券・乗車券、８千４３０円。合計、１万１千６９０円。

……え？

東京〜水沢江刺の新幹線自由席運賃と、たった８３０円しかちがわない。

そんなもん？

ちなみに、水沢〜東京間すべて在来線で移動した場合の乗車券は、７千５６０円。

いくらかの節約にはなるが、少なくともいい年こいた大人は、新幹線を利用したほうが圧倒的に「おりこうさん」ということになるだろうか。

まあ、車窓や利用客さんたちをそれなりに楽しめたからよし！

（鈍行マンガ家）

50 カセットコンロ専用鍋

「なるべく手持ちの道具を使って、太陽光で湯を沸かしたい」シリーズ、懲りずに第三弾です。

直径37センチのステンレス中華鍋の上に、焼き網を置き、黒いアルミホイルで包んだメスティン（外国の飯盒）を設置。

時々くもりながらも1時間半後、49度まで水温が上がった。

……というのが第二弾の結果。

中華鍋が「反射鏡」としてけっこう使えることを知った。

今回は、そこに直接黒い鍋を入れて、太陽光で加熱してみよう、と思った。

数年前、イワタニの薄型カセットコンロを買った時に、いっしょに「フッ素加工 マルチプレート」という専用鍋を買ったのだった。

直径21センチ。鍋底に四つ、コンロの五徳にカッチリはまるくぼみがあり、鍋がずれず安定感がある。

税込み1千円だったので、まあいいやと買ってはみたものの、その「くぼみ」が、台所の通常のガスコンロでは使いづらい。

あと、21センチというのは家族３人分の鍋としてはやや小さく、焼き肉やすき焼きっぽいことを数回やったあとは、使わないもの置き場にしまわれていた。

この鍋が、浅めで黒く、蓄熱性がよさそうだ。ちょうどピッタリのガラスぶたがあるので、それをすれば太陽光を鍋底までギンギンに透過してくれるだろう。

台風一過の９月10日、晴れ。予想気温36度のきびしい残暑の日に決行する。

８時40分、朝から容赦なく日当たりがいい場所に設置。

錆びた鉄製の丸い台（蚊取り線香の受け皿だったらしい）の上に、ステンレス中華鍋を置く。ある程度角度を変えることもできて、いい感じである。

そこに、水温27度の水を入れたマルチプレートを置く。

そして、風で温度が下がることを防ぐために、ラップで中華鍋を覆い、密封した。

今日はもう、一時間おきに水温を測るような落ちつかないことはやめた。１度の熱も逃がさぬ。

３時間後、11時40分、回収。

鍋は熱々で怖いほどだ。ガラスの棒温度計で水温を測定。

82度。

……勝った。

何かに勝った。急いで、用意していた「カップヌードル カレー」に、慎重に湯を入れる。

今回は、水温何度になろうと、カップ麺に使おうと決めていた。カップ麺は時間さえかければ、水でも戻るからである。

なんとなく6分後、ふたを開けてかき回す。

熱々ではないが、文句なく加熱されている。むしろ、やさしい温度で食べやすい。

今回のようにドピーカン状態が長時間続いて80度超えを保てれば、卵も温泉卵になるし、肉や根菜の低温調理も可能だ。

太陽すげえ！　おめでとう、懲りない自分。

もの欲しそうな顔をしている妻に味見をさせてあげたら、「太陽の味がする……」と言う。

それはたぶん気のせい……、とは思うのだが、いつもより2割増しでおいしく感じたのは事実だ。


（温度計大好きマンガ家）

買いもの その後

アメリカ製の、真空容器で超高温になるソーラーオーブンは、買いそうになったが高価なので見送った。このジャンルの発展を願ってやみません。

51

砥石

うちのメイン包丁は、妻の伊藤がずっと使ってきたもの。「正臣作」という銘と、刃渡り20センチというデータで検索したら、まだ売っていた。

モリブデンバナジウム鋼の万能包丁。今の値段で1万800円。

モリブデンバナジウム鋼というのは、ごく一般的なステンレスで、サビにくくお手入れしやすい、ということになってるようです。

これが、ぜんぜん切れなかった。

1万円もするものとはとても思えないほど、ナマクラだった。

もちろん包丁のせいではなく、使用者のせいだ。

立てた包丁を前後に押したり引いたりするタイプの砥ぎ器があったが、ほとんど砥いでいないようだった。

というか、それで砥いでも、切れ味が戻る感じにはまったくならないほど、刃がなくなっていた。

私が上京した時に買った、刃渡り14センチの安い小型包丁のほうがまだ切れ味がよいので、併用していたのだが、妻が「小さくて使いづらい」といい、そちらはお蔵入りとなった。

やがて、私もその「切れなさ」に慣れ、数年たったのだが、２０１５年、私が飯炊きをする割合が増えつつあった頃に、「やっぱり切れないよ、これ！」と、キレた。

いや、うまいことを言いたいがために「キレた」と書いたが、キレるというほどではなく、めんどくせーなーという感じで、砥ぎ器や砥石の検索開始。

いわゆる包丁砥ぎ器は、どんなに高性能をアピールされても、うちの包丁にはムダっぽい気がしたので、砥石を調べてみる。

一人暮らしの時は天然砥石を持っていた。あまり使わないままいつしか処分してしまったが。

砥石はめんどくさいし、うまく砥げない、というトラウマのようなものはあったけれど、レビューで評判がいいセラミック砥石を買ってみた。

「シャプトン　刃の黒幕　オレンジ中砥　＃１０００」

　3千12円。

「スーパートゲール」という、砥ぐ時に刃に角度をつける補助道具も買う。５５１円。

どちらかといえば刃の黒幕より、スーパートゲールのネーミングのほうが好きだなあ、などと思いながら、砥いでみた。

包丁と砥石がシャゴシャゴこすれ合う音や手ざわりは、何度やっても好きになれず、もっとマメに砥いだほうがいいのだろうが、頻度はだいたい一カ月おきぐらい。

しかし、「黒幕」の性能はたいしたもので、うちのナマクラ包丁がそれなりに切れるようになったのは感動的だった。

やがて「補助輪」だったスーパートゲールをはずし、それなしでうまく砥げる角度を、かなり真剣に、集中して覚えようと努め、スキルは上がってきた。

というわけで、成功した買いものではあるが、あいかわらず砥ぐ行為はめんどうで、今もかなりナマってきている。

「切れない時代」に、切れないなりの包丁テクニックを身につけてしまったので、つい先延ばしになってしまうのだった。

（なまくらマンガ家）

52

ラーメン鍋

袋麺、カップ麺ともに、インスタントラーメンを一番食べていたのは、やっぱり20代の頃だ。

健康を気づかい、年々消費量は減っているものの、今でもたまに無性に食べたくなり、5袋パックを買ったりしているわけだった。

子供が小さい頃は、妻子とベビーシッターさんが家で昼食をとることが多く、昼間、台所を好きに使えないことが多かった。

妻は「ラーメンでもうどんでも好きに煮て食えよ」と思っていただろうが、彼女はパンやピザなど食べて満腹なくせに、人のラーメンを横目で見て、

「一人だけおいしいもの食べて…」

という表情を浮かべがちな人であり、おちついて食事を楽しめなかった。

そこで、水道も換気扇もない6畳の自室に小型カセットコンロを導入し、煮ることにした。

電気ポットは導入していたので、カップ麺は作れたが、袋ラーメンを煮たい気持ちが強かった。

あの「炎が見たい…」という強い気持ち。赤ん坊はかわいいものの、相当ストレスがたまっていたんだなあ、と思う。

鍋はどうしようとネットを徘徊し、見つけたのが、オオイ金属「片手鍋 アルミラーメン鍋 17㎝」だった。1千円ぐらい。

買うしかないだろう。

届いた鍋を手にとると、薄手でとても軽い。だが、チープなようでいて、作りに荒っぽさはなく、堅実な昔の工業製品に見えた。

使い勝手もまったく問題なく、掃き出し窓を開けて蒸気を逃がしながら、楽しくラーメンを煮た。が、数回楽しんだあと、食べている最中いきなり入ってきた妻に、アダルト動画視聴中の現場でも目撃してしまったような顔をされ、「秘密の自室クッキング」はそれでおしまいになった。

予想されていたことだが、換気、残り汁の廃棄、洗いものができないことも継続の足かせとなった。商売柄、原稿や書籍がたくさんあり、あまり湿気てほしくない部屋ではあるのだった。

数年後の最近。

子供は小学校に通いはじめ、妻と昼食時間がかち合うことはあるものの、台所を自由に使える時間は大幅に増えた。

久しぶりに袋ラーメン欲が高まり、故郷に帰った時に、東京では買えない「マルちゃん」の「塩ラーメン、しょうゆ味ラーメン、みそ味ラーメン」を買ってきた。

少年時代の定番袋ラーメンは「サッポロ一番」ではなくて、このシリーズだった。

「塩」を手にとり、ステンレス5層片手鍋を出しながら、待てよ、と思った。

この歴史あるパッケージのラーメンには、あのアルミのラーメン鍋が似合うのではないか?

押し入れから数年ぶりにひっぱり出されるラーメン鍋。

マルちゃんの「正麺」じゃない昔のインスタントラーメンの香りが、おどろくほど似合う……気がする。

部屋クッキング、おもしろかったなー。でも二度としないだろうなー。子供もずいぶんでかくなったなー、などと思いながら、鍋から直接食べた。

（炎うっとりマンガ家）

53 軽量ノートＰＣ

２０１９年10月の増税前に、悔しいけど買っておかなければ、と思う物があった。

パソコンである。

私がここ６、７年ほど使っているＶＡＩＯのＯＳはＷｉｎｄｏｗｓ７であり、２０２０年１月にサポートが切れる。

Ｗｉｎｄｏｗｓ10に無償でアップグレードできた期間には、古いソフト（おもにＰｈｏｔｏｓｈｏｐ ＣＳ３）が使えなくなることを恐れて、見送った。

７環境でまったく問題なく使えてきたのだが、もうサポートしなくなるぞ、Ｗｉｎｄｏｗｓ10にしなかったらあとは知らないぞ、という脅しに屈し、おニューの購入を決めた。

消費税増税と合わせて、二重に悔しい買いものである。

ただ、もちろんニューマシンを選ぶ喜びやワクワクはあり、今回のＰＣ選びのテーマは、「持ち運びできる軽さ」だった。

ｉＰａｄ Ｐｒｏといっしょに帰省時などに持ち歩いても負担のない、海苔のように軽いノートＰＣを買おう、と思った。

メーカーは、なんとなく富士通に決めていた。Ａｐｐｌｅ、ＮＥＣ、ソニーと、あまり深く考えずにＰＣを渡り歩いてきたが、富士通は未経験だからだ。

軽さ、持ち運びしやすさ優先となると、モニタが13・3インチのものがいいだろう。

絵を描く用のｉＰａｄ Ｐｒｏ 12・9インチと併用なので、このぐらいのコンパクトさで問題なし。

「世界最軽量モデル」を謳っているものだと約６９８グラム～。なんというか、さすがに海苔ではないが、「晩ごはん用に買う肉の量」みたいな重さだ。

それより5万以上安くなる「軽量モデル」でも、約７４７グラム～。肉の重さっぽい。

それにした。

メモリやらあれこれ増やしたりつけたりして、15万円ぐらい。

税率８％だと消費税１万２千円。10％だと１万５千円。

駆け込んだなぁ、振り回されてるなぁオレ、という、なんだかモヤモヤした気持ちがある。

届いた翌日に帰省する用事があったので、あわてて起動して最小限の設定をすませた。

デイパックに、各種充電ケーブルやパンツや靴下などとともに詰めていると、本当に「軽っ！」と思う。ｉＰａｄ Ｐｒｏも６３０グラムくらいと軽いが、３００グラムの保護ケースをつけているぶん重く感じる。

キーボードの使い勝手はいいが、モニタはさすがに小さいと思った。ＷＥＢサイトに表示される広告がわずらわしい。

自宅の場合は、今まで使ってきた大きい外付けモニタにつなげばいいのだが、使っているうちに慣れるような気もする。

今の悩みは、10年ぐらい使ってきたペンタブレットやプリンターも新調したくなっていることだ。超軽量のＰＣバッグなどにも心惹かれているのだが、買ったら買ったで「なぜ８％の時に買わなかったッ！」という悔しさが確実につきまとうにちがいない。

「増税は失敗でした。８％どころか５％に、いや０に戻します！」ということになったら、大喜びでいろいろ散財するのになぁ。

（仕事持ち歩きマンガ家）

買いもの その後

ちょうどこの頃、夏に再入院していた父が他界した。大往生といっていい年齢だったこともあり、「増税前に亡くなったねぇ」という笑い話を、通夜や葬儀の時にしていた。

54

コードレス掃除機

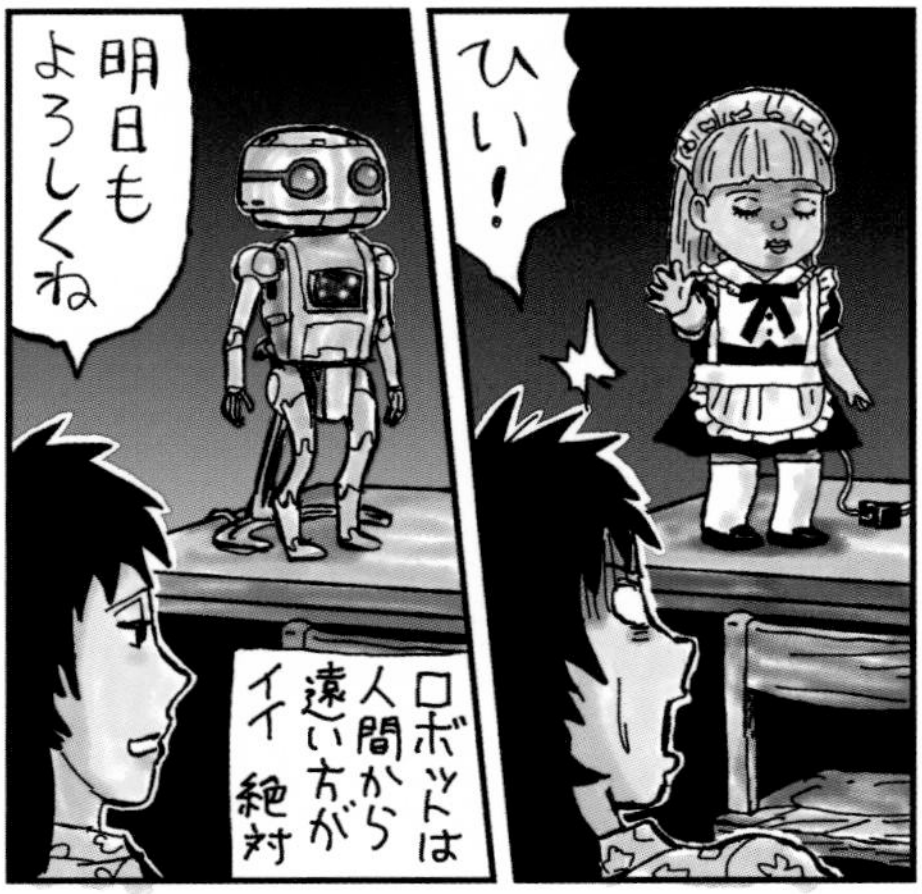

私の理想のロボットは、映画『スター・ウォーズ』シリーズのドロイドたちだ。

中でもR2-D2が好きで、そばで働いてくれるロボットはああいう「顔のない」タイプであってほしいと思う。

逆に、絶対ないわーと思うのが、人間そっくりのアンドロイドというやつで、想像しただけで怖い。人間型であっても、ドロイドたちのような「ロボロボした」顔かたちの連中がいい。

ロボット掃除機「ルンバ」を見た時は、「なんてスター・ウォーズっぽいんだ！　絶対買う」と興奮したものだが、わが家は和室率の高い古い家で、段差が多く、ルンバが活躍するスペースがあまりないのだった。悲しい。

普通のコードがある掃除機で長年掃除してきたのだが、妻の母が大絶賛ですすめてきたのが、マキタのコードレス掃除機だった。

妻もかつて使っていたらしいが、「私の期待に応えてくれなかった……」ので処分したとか。

彼女は家電の調子が悪いと、他の対応をする前にすかさずコンセントからプラグを抜くような人で、扱いが悪かった可能性がある。それに、充電池やモーターも日々進化しているのだろう。

買うことにした。

吸い込みの強弱が2種類のシンプルなタイプ。「強」のほうでもなんでもガンガン吸う、というわけにはいかなかったが、有線の掃除機と併用して10年ぐらい愛用した。

コードがない気軽さ、身軽さの実感は今までの自分の掃除人生になかったものであり、なんというかウマが合った。

メーカーの印象のためか、ボディに「〇〇工務店」とマジックで書かれた傷だらけの掃除機を、大工さんが無造作にワンボックス車に積んで現場に向かうような、そんなガテンな雰囲気が漂うように思えた。

日曜大工が趣味というわけではないが、「家電ではなくて電動工具の仲間！」と思うと、何か気分が上がるのだった。

といっても無骨ではない、かわいいといっていいデザインであり、軽さも相まって、主婦のみなさんの高評価も納得だ。

途中、充電池とノズルを一回購入。交換した。

最近になって、吸い込み力が、そろそろ妻に「私が期待している性能じゃなくなった！」と言われそうなくらい弱ってきた。

充電ランプが点灯しない不具合も出始めたので、最新型のものに買い替えることにした。今度は「標準、強」の上に「ターボ」がついているタイプだ。

ターボを使うことはめったにないが、とても強力であり、ネコのウンコぐらい楽勝で吸い込めそうだ。やらないけど。

妻が期待する掃除機の理想に、かなり近づいているんじゃないかと思える最新型だ。

古いほうにも愛着はあるが、アメリカ映画に出てくるような、趣味の工具やガラクタを詰め込めるガレージのような場所はないので、さびしいけど廃棄した。

さびしいが、その魂は新しいほうに無事に引き継げた、と思うことにしている。

（清潔マンガ家）

買いもの その後

帰省した時に自分が使いたいので、実家にも買って送った。先代のも今のも「通販生活」で購入。

55 デイパック

新幹線など長距離列車内で、年々増えている実感がある、キャリーバッグ、スーツケース類。

あれはもともと、海外旅行用の巨大なものがメインだった。

だったのだが、ざっと20年ぐらい前から、2〜3泊を想定した「国内旅行用」が増えはじめたような気がする。

それでもまだそれは「ご婦人用」であった。大の男が小型のキャリーバッグを転がす姿は、まだまだ珍しかった。

昔の出張ビジネスマンや旅行男は、何に荷物を入れていたか。

古くは「寅さん」が持っているような四角い革の手さげ旅行カバンだっただろうし、『あしたのジョー』のジョーが肩からさげていたような「船員バッグ」の粋な男もいただろう。

その後は長いこと、いわゆる「ボストンバッグ」が主流の時代が続いたと思う。

でかいリュックサックのバックパッカーや、でかいダッフルバッグの遠征運動部っぽい姿はかろうじて健在だが、いまやボストンバッグは絶滅危惧種といってもいいのではないか。

小型のキャリーバッグはどんどん進化し、軽量化が進み、重い荷物を持ち運ぶビジネスマンや、年配の旅行客が「あ、これ便利」と気づいてしまった。

それと同時に、通路側座席でひざの前に置いて眠られ、窓側や真ん中の客がトイレに行きづらくなる状況もはっきりと増えた。

私はというと、一瞬心が動いたことはあったが、まだリュック一択。妻は子供と二人用に、小型のキャリーバッグを使っている。

ノートＰＣとｉＰａｄ、バッテリー類、衣類などを入れると、それなりに重い。背中に背負えばマシだが、前に回したり手に持ったりするとズッシリくる。

重いが、それは運動不足の私にとって、ありがたい「負荷」だ、と思うことにしている。

前にメインで使っていたのは、お気に入りのメーカー、グレゴリーの「デイアンドハーフパック」容量33リットル。

好きなリュックなのだが、とにかくポケット類が少なく、小分け袋やバッグインバッグを駆使してしのいできた。

最近導入したのが同じくグレゴリー「マイティーデイ」、税抜き２万４千円。

定番の「デイパック」より４リットル増えて、30リットル。最大の変化は２気室なことで、衣類等は

「下の段」に詰め込める。小さいポケットも「外3、中1＋ＰＣなど入れられるスリーブ」と大幅に増え、待ってましたという感じ。

下に衣類をパンパンに入れても、機械類は上の段にそれなりに収まり、なんとかなっている。

ＰＣ用の超軽量ショルダーとか、これと併用するカバンが欲しい気もするのだが、しばらくはこれでがんばろう。

リュックを背負い、階段とエスカレーターがあれば可能なかぎり階段を選ぶ。

「これで筋肉がついて骨密度が上がれば、省エネと一石二鳥！」などというやせがまんも、できるうちが花だ。

（ノマドマンガ家）

56 湯たんぽ

２０１９年、ニューヨークでの「国連気候行動サミット」における、スウェーデンの16歳、グレタ・トゥーンベリさんの演説はご覧になっただろうか。

意訳をすれば「あなたたち大人が地球温暖化対策を本気でやらないでいるうちに、人類崖っぷちじゃん！」という怒りの演説で、多くの大人たちから反発もされた。

私にも「化石燃料や原子力に頼りたくはないが、台風と地震の脅威が常にあるこの国で、水力、風力、太陽光は、基幹エネルギーとしてまだまだむずかしいっぽいんだよ……」などという力ない言い訳のような気持ちがある。

とはいえ、トゥーンベリさんを冷笑する立場をとったら、大人としてあまりにも情けない。大人の端くれとして、なんらかの努力はしたいと思う。

そこで、この冬、自宅仕事部屋の六畳和室で暖房を使うのをやめてみることにした。

い、いいのか？　11月上旬の、室温18度程度の小春日和の日にそんなこと決めて。

暖房設備としては、畳状のマットの下に、暖かぁい床暖房が入っている。これが電気を食う。

あと、机の下に設置する、遠赤外線ヒーター。そしてガスファンヒーターも使ってきた。

三つ同時に使うことはまずなく、どれか二つでしのぐ感じ。

それらをやめてみよう。あまりの寒さに挫折するかもしれないが、やれるだけやってみよう。

まず、テント内などに敷くための発泡マットをひっぱりだし、机の下に設置。

厚さ5ミリで、アウトドアでは頼りない安物なのだが、足を置くと畳の冷たさをある程度防いでくれる。

そこに、むかし買った「軽量ダウンひざかけ」をつっこみ、足先を入れる。

これで、すでに暖かい。自分の足の体温でけっこうすぐ暖まる。たいしたもんだ、発泡マットとダウンと自分の体。

ズボンの上にはそのうち、野外用の防寒ズボンを重ねばきするつもりであり、この態勢でなんとかなりそうな気がしてきた。

だが、本格的な冬に備えて、多少はエネルギーの恩恵にもあずかっていいのではないかと思い、湯たんぽの導入を決意。

「立つ湯たんぽ2」税込み1千26円、送料別。

容量1・8リットルのポリエチレン製。花柄のカバーつき。

１００度の湯も入れられるらしいが、発泡マットの上に熱すぎるものを置くのは怖い。ポットに入れて数時間たった、飲んでちょうどいいぐらいの湯を入れることにした。60度ぐらいだろうか。

カバーをかけ、マットとダウンの間に設置、足でそれをはさむようにする。

いや、暖かい。そして、朝入れた湯の暖かさが、午後までもつ感じがある。冷めたら熱湯をつぎ足してもいいわけだ。

とはいえ、気温的にまだ初冬ではなく晩秋のような執筆時の感想である。冬のデスクワークの一番の敵は「かじかむ手」だったりもするのだが、まあいい。

風邪をひかない程度に、前向きに「ゆる省エネ」を楽しんでみようと思う。

（自己満足マンガ家）

57 リフォーム菓子・リフォーム餌

塗装系のリフォームをすることになった。

かなり高額な「買いもの」になるわけだが、それはおいといて、それに付随した臨時買いものをとりあげたい。

まず、大幅に増えたのが「お菓子代」だ。

職人さんたちに、おやつに食べてもらうためである。

チョコ系、クッキー系、パイ系、いろいろ入ったアソート、一口羊羹、歌舞伎揚げ的なせんべい、アーモンドとチーズがのったせんべい……。

目についた個別包装の菓子を買ってきて、妻がバスケットに詰め合わせた。

だいたいよく食べてくれて、しかもゴミは持ち帰ってくれるのだが、やはり減りがいいものと悪いものはあるのだった。

クッキー、ビスケットなどは、もそもそして口の中の水分を奪われる感じがあるのか、残りがち。パイやチョコは減っている。

和菓子にしろ洋菓子にしろ、いろいろ入ったアソートは受けが悪い。「おばあちゃん菓子」の香りは、肉体労働の現場には不似合いなのかもしれない。

飲みものは、お茶数種類の５００ccペットボトルを出していたが、職人さんの会話を聞くともなく聞いていると、けっこう自販機に買いものに行っていることに気づいた。

近所のスーパーやコンビニは往復10分以上かかるところにしかなく、自販機の高いのを買わせてしまったか！　と思った。

ていうか、お茶以外のドリンクをまったく考えていなかった。

スーパーで缶コーヒー、オロナミンC、ＣＣレモンなど炭酸系と、スポーツ飲料、エナジーゼリー系を買い込んだ。冷蔵庫内がかつてなく非常時な感じになった。

出してみたらやはり大好評。

これらは単なる水分ではなくて、いわば「飲む菓子類」であり、適材適所の甘さがあるんだなあ、と思った。

次はネコの話。

塗装のため、家中のあちこちをポリシートと養生テープでくるまれたのだが、いろいろ詰め込んである「物置」もくるまれ、出入りできなくなった。

「し、しまった！」

と、叫んだのは、ネコ餌のストックを物置に入れているのを忘れていたからである。

夜7時、雨模様。室内のゴハン容器の中は空。いつものフードを置いてある店はちょっと遠い自転車距離にある。

しかたなくスーパーに駆け込み、適当に一袋買う。

ネコは食べものにうるさくて、メーカーが変わると食が細ってしまうこともあると聞く。実際、妻が昔飼っていたネコはそういう神経質なところがあったらしい。

いつものメーカーは「ちょっといいヤツ」であり、それよりお安いこの臨時餌を、うちの二匹は食べてくれるのだろうか……。

結果。

二匹とも、一瞬のためらいも迷いも見せず、カリカリガツガツとゴハンに食らいついた。

味が変わったことにすら気づいていないかのようなその食いっぷりに、ホッとするとともに「この馬鹿ネコども……」と思った。

（壁塗られマンガ家）

58

Ａ５カレンダー

家で使うメインのカレンダーとは別に、持ち歩くこともできるスケジュール帳として、Ａ５サイズの卓上カレンダーを買った。

「高橋のエコカレンダー」というシリーズで、壁掛け用のＢ４サイズはずっと愛用しているのだが、２０１８年末、思いついてＡ５を買ってみたらけっこう使い勝手がよく、２０１９年も使うことにしたのである。

私はスマホのカレンダーを使いこなせない。

スケジュールを書き込むのもめんどくさいし、リマインダーとかぜんぜん便利に思えない。「せっかくの機能についていけない、もう終わってるおやじ」ということであるが、しょうがない。

では、昔ながらのビジネス手帳は使いこなせるかというと、苦手である。使い切ったためしがない。

スケジュール管理をしようと思っても開く習慣がつかないし、日記がわりにしてみようとすれば三日坊主になる。

妻は、みっしり毎日絵入りでネタになるようなこと、ならないことを書き込み、「前の年の今日とか読むとおもしろいんだよ」などと言っている。

私は日記はＰＣで書いているし、落書きや直筆メモは、胸ポケットに入るようなメモ帳を使っている。スケジュールは壁掛けのカレンダーに書き込み、顔を上げれば確認できるようにしている。

だいたいそんなやり方で、なんの不足もなかったが、実家に帰る回数が増えたため、外出先でも予定を確認したい場合が増えてきた。

「そういうときこそスマホの出番ですよ！」と、若い人は言うかもしれない。

最初から入ってるカレンダー以外のアプリも試したことがあるが、紙カレンダーとちがい、「一カ月を一目で見渡して、ざっと把握する」ことがうまくできず、チャレンジしてはさびしく撤退することになるのだった。

そこで試してみたＡ５カレンダー。大きめ単行本相当のサイズは、机まわりの作業エリアに置いていてじゃまにならないし、台所のカレンダー前に持って行って、家族の予定をすりあわせるときにも便利だ。

「あ、オレが求めていたのはこれじゃね？」と思った。

表のメインカレンダーに予定を書き込むのだが、裏は横罫カレンダーになっていて、自由な覚え書きに使える。

これより小さいB6カレンダーの裏面は、カレンダーじゃなくてただ罫線が引かれたメモ欄になっている。そっちのほうが目的には合うのだが、小さすぎる気がするので、2020年もA5でやってみる。

筆記具として遅ればせながら導入したのが、パイロットの「フリクションボール」で、スケジュール管理において、書き直せるってすばらしいな、と気づいた。

A5カレンダーに弱点があるとすれば、喫茶店などでのうちあわせで出すのが少々気恥ずかしいことだが、「大相撲カレンダー」とか「東宝女優カレンダー」を取り出すわけじゃないし、それほど珍奇なことでもないだろう。


（一年経つの早すぎマンガ家）

買いもの その後

毎年いただいたり購入したりしている「ほぼ日手帳」を意識してマメに開くようにしたら、やはり手帳のカレンダーでいいと思うようになり、今年はA5カレンダーを持ち歩いていない。

59 失敗いろいろ

今まで「書けそうだけど書かなかった」「そのうち書くかもしれないリストに入れていた」失敗買いものがある。

いくつか紹介しよう。

・「メディカルグリップ」

血圧関係グッズ。

血圧を下げるのに効果的とされる「タオルグリップ運動」（筒状に丸めたタオルをぎゅーっと握ったりゆるめたりして、血管を柔軟にする物質を発生させる、というもの）を効果的におこなうための器具で、6千円台だったと思うが、速攻で買った。

そして、続かなかった。

せめて2、3カ月やらなければ効果は見えないと思うのだが、一週間を乗り越えられない。飽きてしまう。幼児か、と思う。

モニターの方々の「下がりました！」にウソはないだろうが、こう言ってはなんですが、これは足腰に不自由を感じている世代の方々用なのではあるまいか。

　若者ぶるわけではないが、いちおう数時間歩いたり、１００キロぐらいなら自転車をこぎ続けることができる今の自分には、少々もどかしい運動なのだった。

すみません。クロスバイクに乗れない身になったら、思いっきり頼ります。

ちなみに２０１９年10月の健康診断時の血圧は「１３５／92」。

ちょっと高めなのはあいかわらずだが、減塩や歩行や自転車の効果はそれなりに出ているよね、と思っている。

・「キンミヤサワーグラス6個セット」
「ソーダストリーム」を買った時に、「もう家飲みは一生レモンサワーと酎ハイでいいや！」と浮かれて、買ってしまったもの。キンミヤ焼酎のマークがカッコいい。

下町の居酒屋の雰囲気だけでもと思ったのだが、夏が終わってあっというまにレモンサワーブームは終了し、邪魔になり、しまいこんだ。

夏になったら出す季節ものということで、失敗というほどではないか。１千３００円ぐらいだったし。

・「スマートフォン用　クリップ式望遠レンズ」
スマホのレンズのところにはさむ、光学式の簡易望遠レンズ。

１千８００円ぐらい。簡単にきれいに撮れるというわけにはぜんぜんいかず、２、３回使ってお蔵入り。

私のｉＰｈｏｎｅは今のところまだ「６ｓ」なのでつい買ってしまったが、それ以降のモデルでデジタルズームがどんどん進化しているのはご存じのとおり。

ただ、イラストに貼ったように、撮ったものがミニチュア風になる「チルトシフト写真」のような効果はあり、ちょっと遊んでみたいと思わせるポテンシャルは持っている。

遊ばないだろうな、とは思うのだが。

などなど、まだあるけどこれくらいで勘弁してください。

私にメルカリとかやる根性があれば、喜んで失敗した買いものを世間に循環させるのだが、あんなめんどくさそうなことは、たぶん一生やらないだろうなー。

つまらないけど、買いものは慎重に、という正論を胸に刻みつつ、この連載もあと２回！

（お試しマンガ家）

60 ソーラー充電器

最近の太陽光利用。

果実酒などを作る広口ガラスびんが空いていたので、中に水道水を入れた黒い缶（ボトル缶コーヒーのもの）を入れ、室内の日光の当たる場所に2、3時間置いた。

気温15度ぐらいの日だったが、水温は27度になった。いや27度にしかならなかった、というべきか。ひなた水というやつだ。ガラスびんの効果があったのかなかったのか、びんなしと比較研究するほどの熱意はないのでわからない。

ダンボール製の「エコソーラークッカー」（千円ぐらい）というものも買ってみた。

やはり室内で使おうとしたのだが、組み立てると同時にネコたちが「なんだなんだ」と寄ってきて上に乗り、たちまち分解された。

風にも弱そうなので、屋外で再チャレンジするのはまた今度、ということにして先送り。評価は保留である。

ああ、太陽光を利用したい。

やっぱり、太陽光発電できるツールを買おう、と思った。

屋根に設置するような大規模なやつだと、またちがう話になるので、とりあえず小型の高価すぎないものを探してみる。

充電機能なしのもののほうが発電性能は高いようだが、使い勝手を考えて、充電器つき、４枚パネルのタイプをチョイス。ＡＤＤＴＯＰというメーカー名で、３千円とちょっと。

ＵＳＢで２台の端末を同時に充電でき、非常用のＬＥＤライト（ＳＯＳ点滅モードあり）もついている。どのメーカーのものも、発電機能は「補助程度」らしいが、災害時の予備バッテリーとしてそこそこの評価は得ているようだ。

最初は家庭用電源からフル充電しろと書いてあるのでそうした。スマホ８、９回分の電気が貯められるらしい。

日中は屋内の日が当たるところに展開して、太陽光発電をする。冬の太陽がうまく当たるよう、傾斜台に置いてある。

曇天でも「発電中ライト」はつくので、雨の日以外はできるだけ広げるようにしている。

発電性能はよくわからないけど、１週間ぐらい経って、まだ家庭用電源から一度も充電していないので、そこそこプラスにはなってるんじゃないだろうか。

というか、性能云々じゃなくて、そのたたずまいがとても気に入った。

宇宙探査機が、ちびちび太陽光発電をしつつ、ミッションにとりかかり、電気が少なくなるとまた発電し……、みたいな姿を想像してしまい、とてもけなげである。

調査したデータを地球に送るためには、このソーラーパネルだけがたのみの綱なのだ。がんばれパネル！　……とかなんとか。

人類の未来を考えるなら、二酸化炭素を排出せず、放射性廃棄物も出さない発電がどうしても必要だと思うのだが、この小さい発電パネルを見ながら、それが実現する未来に希望を持つのも、悪いことではない。

などと前向きなことを考えていたら、どうやら暖かいらしく、ネコがソーラー充電器に背中をあずけて寝転がっているのを発見。あわてておっぱらう。

太陽光利用の意外な敵、ネコ。

（再生可能〈希望〉マンガ家）

最終回

防寒具&タッコング

仕事場の「暖房なし祭」は、12月に入って最高気温が10度を下回ったあたりで断念した。

「『18度未満の寒い家』は、脳を壊し、寿命を縮める」という大仰なタイトルのWEB記事を読んでしまったからである。

高血圧ぎみの人間として何冊か本を読み、「寒いと血圧が上がる」「屋内の寒暖差は脳や心臓の血管障害のリスクになる」みたいなことは知っていたのに、祭の興奮で頭から抜け落ちていた。

使おう。普通に暖房を。

長年愛用している遠赤外線デスクヒーターをひっぱり出し、机の下に設置。暖かい。

が、今までそれなりに薄ら寒さに耐えてきた体は、みずから体温を上げる機能がアップしている感覚もあり、適度に着込んで暖房を使いすぎないことは、これからもずっと続けるつもりだ。

暖房なし祭のため、湯たんぽに引き続き、いくつかのグッズを購入した。

「冬用ルームソックス」５１７円。

「中綿パンツ」２千57円。

「指出し手袋」６３８円。

以上実店舗で。ネットでは

「ふわふわ総ボア仕様　ルームブーツ」２千１６０円。

「中綿レッグウォーマー」１千89円。

「蓄熱キルトマット」１千１００円。

中綿パンツは「はく寝袋」という感じで、とても暖かいすぐれもの。ステテコとルームパンツの上にはいており、外出する時より厚着をしている。

これをはくまでもない暖かめの日は、レッグウォーマーを装着する。こちらもなかなかいいが、ゴムがゆるくずり落ちぎみ。

キルトマットの蓄熱性云々はよくわからないが、イスの上の座ぶとんとして使用。

失敗したのはルームブーツで、通常これで確実にOKなLサイズを選んだのに、きつかった。

はいてしばらくはいいのだが、だんだん血流が悪くなってくるような感覚がある。悔しい。

妙に興奮して、祭グッズをいろいろそろえてしまったわけだが、後悔はしていない。

エネルギーの使い方を見直すきっかけに、なったといえばなったような気がする。

エネルギーといえば、唐突だが、重油を好む怪獣「オイル怪獣　タッコング」をご存じだろうか。

同世代で『帰ってきたウルトラマン』を見ていた人なら、「ああ、いたいた！」と思っていただけるかもしれない、なつかしの名怪獣だ。

そのタッコングが、執筆時に放送中の『ウルトラマンタイガ』に登場し、けっこういい役をもらっていた。それと連動して、新造形のソフビも発売されたのだった。

たまらず購入。６６０円。

今の「バンダイ　ウルトラ怪獣シリーズ」は、昔のものより小さいのだが、造形がよくて、とてもコレクション心をそそる。

さて、この買いもののエッセイは今回で終了です。

『ウルトラマンオーブの食玩』で始まった連載が、ウルトラ怪獣で終わるのも、物欲の女神様や妖精たちのお導きかもしれない。

ご愛読、まことにありがとうございました。

（ラストマンガ家）

あとがき

連載終了後、「ああ、これでもう物を買わずにすむ…」と思ったかというと、そんなことはなく、あれこれいろいろ買っている。

朝など、やはりタイマーつきの炊飯器があると便利なんじゃないか、と検索を始め、迷ったあげく今回も買わずに見送りつつ、その代わりに検索の過程で目についた、ステンレス３層鋼の炊飯鍋を買った。

「ライスポットＳ」２合炊き（宮崎製作所）。８千円ぐらい。

昔から炊飯に使われてきた「文化鍋」が進化したような鍋で、やや水滴は飛び散るものの吹きこぼれはなく、おいしいご飯が炊ける。

妻が炊く時は、まだ長年愛用してきたシリットのミルクポットを使っているようだが、私は完全にこちらに移行した。

あと、ブラザーのプリンター・スキャナ複合機。１万円ぐらい。

「軽量ノートＰＣ」購入時は、不具合が出始めているプリンターをなんとかつないで使っていたのだが、毎回のようにヘッドクリーニングしても直線がギザギザになってしまうようなストレスにつきあうことはないと判断。

これがすばらしかった。無線ＬＡＮ、コードレス複合機の爽快さは今まで知らなかったものだ。ちゃぶ台の上などでＰＣを操作し、離れたプリンターにプリントを命じると、古いたとえで恐縮だが、『鉄人28号』を操縦する正太郎くんのような気分になるのだった。行けプリンター、高画質印刷だ！

ワンサイズ大きいサンダルも買った。

なぜそんなものを？

「防寒具」のひとつとして、妻にすすめられて靴下の重ねばきを始めたからだ。妻推奨は「絹の五本指、木綿の五本指、絹の靴下、木綿の靴下」というもので、さすがにそんなにはく気にはなれないが、2、3枚重ねは、今のところ習慣となっている。

となると、ちょっと大きめの靴がほしいなということで、ワンサイズ大きいクロックスのサンダルを買ったのだった。

これは、春夏になって重ねばきがイヤになる時が来たら「ただの、まちがって買ったでかいサンダル」になってしまう可能性があり、ハラハラしているが。

あと、初めて買ったのが、神社の「荒神《こうじん》様」のお札。

荒神様は「火の神様、台所の神様」であり、台所をあずかる人間として毎日手を合わせるといいんじゃないか、と思ったのだ。

祀ってみるとこれがなかなかすがすがしくて、人間やっぱりお寺や神社に手を合わせる気持ちは大切だ。

物欲の女神様（なぜか男の神様ではないような気がする）も、なんらかの形でお祀りし、「いいものが買えますように」とか「余計なものへの物欲を吹き込まないでください」とか祈るべきかどうか、考えているところです。

２０２０年３月

吉田戦車

【初出】「ごめん買っちゃった
――買いもの失敗成功日記――」
「ＦＬＡＳＨ」２０１８年9月11日号〜
２０２０年1月7日・14日号
●おまけマンガは描き下ろしました。

だって買っちゃった

—マンガ家の尽きない物欲—

吉田戦車 よしだせんしゃ

マンガ家。1963年生まれ。岩手県出身。『伝染るんです。』『ぷりぷり県』『おかゆネコ』『忍風！ 肉とめし』『まんが親』『出かけ親』（すべて小学館）など著作多数。2015年、第19回手塚治虫文化賞短編賞を受賞。妻はマンガ家・伊藤理佐さん

装丁・デザイン　西野直樹デザインスタジオ

2020年3月30日　初版第1刷発行

著　者　吉田戦車
発行人　青木宏行

発行所　株式会社 光文社
〒112-8011　東京都文京区音羽1-16-6
FLASH編集部　03-5395-8261
書籍販売部　03-5395-8116
業　務　部　03-5395-8128
ホームページ　https://www.kobunsha.com/

印刷・製本所　凸版印刷株式会社

定価はカバーに表示してあります。
乱丁本、落丁本は業務部へご連絡くだされば、お取り替えいたします。

ISBN　978-4-334-95146-7